AQUARIUS

AQUARIUS

AQUARIUS

AQUARIUS

每個人心中都有一座島嶼，
藉文字呼息而靜謐，
Island，我們心靈的岸。

賀淑芳

湖面如鏡

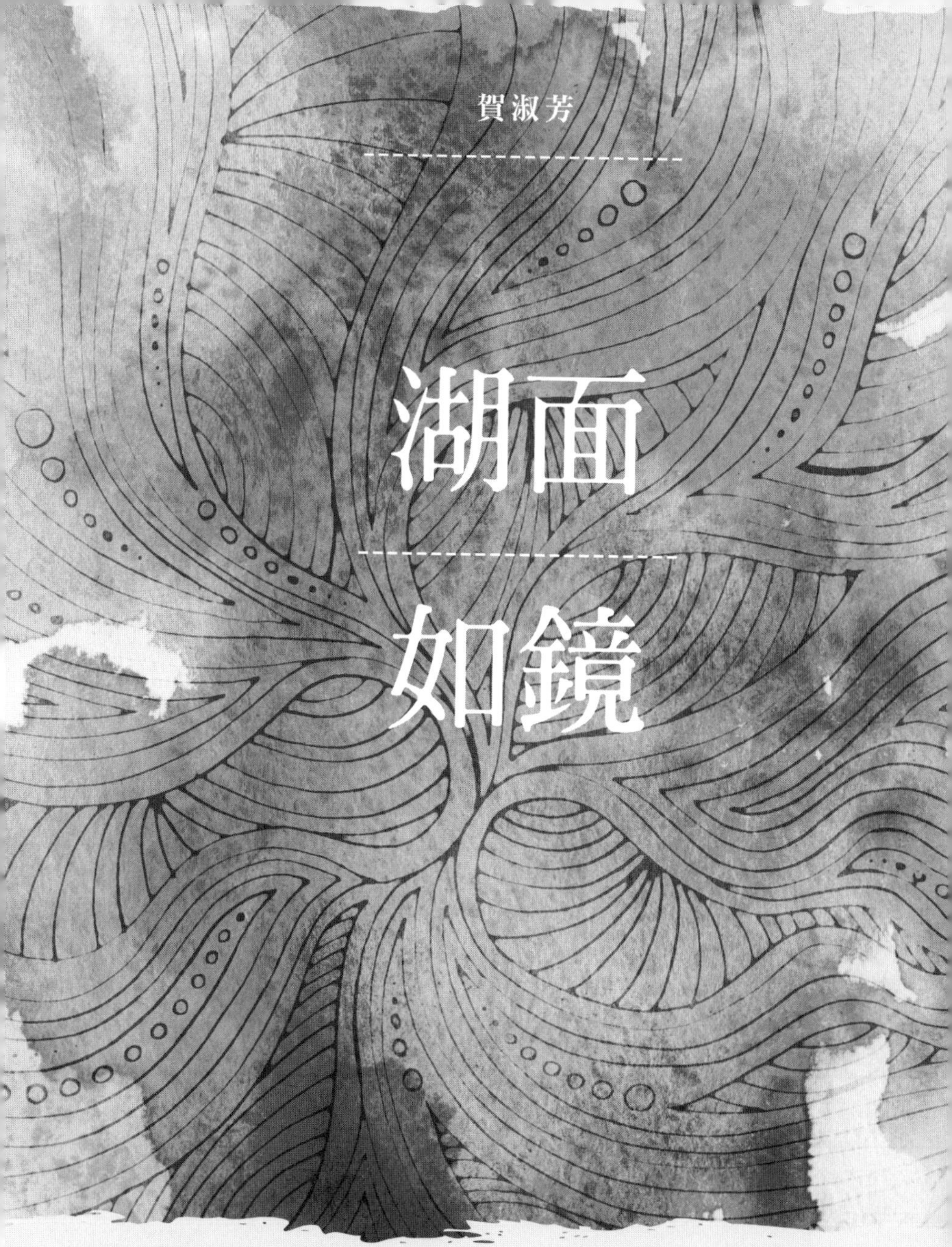

【推薦序】

幽禁無所

林春美（馬來西亞博特拉大學外文系副教授）

賀淑芳的小說有一種孤獨的氛圍，濃烈而龐大，像久蓄陰雨而不預告何時發作的肥大烏雲，低低的壓在其虛構世界的天空。

「不管妳去哪裡，妳聽著，妳的未來，就是要結婚，生個孩子。不讓自己老的時候，孤伶伶一個人。」這是〈夏天的旋風〉裡，母親給女兒的「金科玉律」。和許多人一樣，她以為伴侶、子女可以消除個人生活中的孤獨。這是美麗的想望，卻可能也是虛妄的。女兒結婚了，卻終究擠不進那歡樂的倫常關係，彷如家裡的局外人。即使在人擠人的遊樂場依然是孤伶伶的一個人。另一個母親（也許竟也是同一個？）在另一篇小說〈箱子〉裡，一天夜半醒轉，悲從中來，「不斷在心裡重複地說，我不要一個人，命再長也無甚樂趣。」她的哀哭沒有回音，卻足夠令人觸動。其他小說人物，比如隔壁家的安娣、大學的女講師、剪頭髮的印尼女人與圍坐她店裡一群不剪頭髮的客人、「信仰之家」的女孩們，無論已婚未婚、年輕年老，幾乎無一人能倖免於孤獨的籠罩。

孤獨，源於幽禁。〈牆〉中由牆砌出的由後院到廚房的有限空間，或許是這些小說中最具象的一個幽禁所在。隔壁的安娣就活動於其中，從養貓到養魚，外界——包括丈夫——與她完全隔離。牆如果是一個禁閉的象徵，那麼，牆的拆除卻未必是自由的隱喻（何況安娣家原本還有前門可以任她進出）。安娣在她家後院那面牆拆掉之後，也隨之神祕失蹤。年幼的敘述者相信，她是被豬籠草吞掉了。

幽禁之所，不在有牆無牆。它處處皆是。身在其中的人，有些可以選擇走出去，有些不可能出逃，有些沒想過出逃。

〈湖面如鏡〉中被指「態度不當地對待可蘭經」的女講師，屬於第一類。她涉入言論的禁區，引來排山倒海的責備與抨擊，於是不獲院方續聘。而她並不以為懼。之所以如此，一方面固然是勇氣可嘉，另一方面恐怕亦與另有退路不無關係：她還可以「申請出國，就找個什麼計畫出去」。通過離開職場，她或許可以走出思想與言論自由被「非常非常地敏感」（院長使人發噱而又毛骨悚然的用語）的圈限的學術界。然而這並非人人輕易可做的抉擇。那個被指「在班上頌揚同性戀」的女講師，最後不是還孤獨地被困於湖面如鏡的漆黑混沌中嗎？

阿米娜故事系列中的主角阿米娜，以及「信仰之家」的其他女孩們，被置放於不是她們所選擇的宗教身分裡。國家體制以崇高的理由，確保她們安守於其身分之中。種種訴求宣告無效之後，阿米娜開始夢遊了。她褪下衣物，赤裸遊走，將應該遮蔽的，盡皆展露給夜色。夢遊，是她出逃的方式。然而，當早禱聲悠揚的響起，阿米娜還是回來了。她不得不回來，回到「信仰之家」，回到她的頭巾與長袍之中。在醒著的世界裡，她是跑不掉的。

賀淑芳小說中更多的，可能還是一群沒想過出逃的人。她們在〈箱子〉、〈天空劇場〉、〈牆〉、〈小鎮三月〉等篇中比比皆是。她們重複過著一樣的日子，百無聊賴，而渾然不知。她們生活中值得講述的，「總是別人的故事」。而對於自己的痛苦，則缺乏感知。比如〈小鎮三月〉述及的四姐，對右腳僵化「好像渾不在意、連痛苦都從腦子裡割切了那般歡悅地笑著」。她們被禁閉於對生活的無所感知裡。這種生活，賀淑芳在一篇散文中精確的稱之為「無意識的生活」。

幽禁，無須有形，無須有所。因而孤獨，甚至無力。

二〇一四年五月十三日

【自序】

關於繁花萬鏡，以及卑微零碎的

這本集子裡，有些稿件積存超過十年。寫〈牆〉時我尚在八打靈的《南洋商報》當記者。下班後在租來的房裡打稿。那是一棟座落在三岔路口的房子，從陽臺到廚房布滿灰塵，到處灰溜溜的。住宅區的聲海傾洩灌入，寂靜無垠龐大。

最初寫小說時根本沒抱希望。事實上，能不能繼續寫作、出書，皆有賴於各種現實條件支撐。在以為逃離它時，它仍像皮膚那樣緊貼著。

〈牆〉是我離開工廠後寫的第一個短篇。過了三十歲後，轉行，撿回寫作。彷彿跨過一道隘口。這以後陸續有些小說刊登在《南洋商報》張永修編的南洋文藝版。兩大報館（當時還是分開的兩家）辦事處相距不遠，當中棲身、流動的作家不少，下班後偶聚交談。吉隆坡聚集的人文圈子很小。寫作人與社運分子、報人多有往來，或許因為友人裡頭頗多熱心社運，那些翻騰的話語，如滾圈的砂子般盤旋複述，刺激了許多想法。

最初構想的故事多從公共議題切入。經過語言框裁，現實與虛構彼此宛如「延續的公園」。小說不是真實生活的記錄，但是卻和瞬逝的生活共存。尚在不久以前，我曾跟朋友說，嚮往文學裡最美的風景。但正如博爾赫斯的動物寓言〈Á Bao A Qu〉所喻，這至美的風景竟似不可描述，彷彿它必須是語言留白處。據說此名源自馬來語Abang Aku①，故事採自馬來半島的神話。神靈自星空殞落掉在一處無以名之的所在。設若它圓滿返天，這故事就終結了。然而這生與死、創與癒彷彿永不結束。它沉默。成為橫亙遠處的風景。寫作與語言的關係是如此。就像你不會想為任何淺薄的關係多花一分力氣，能使你同時迷醉與探索的必是深切的情感與欲望。寫作就是在跟這樣的欲望親密：宛如在這道無可彌合的裂口深處，有翅膀伸觸彼岸。彼岸非是此世不可。或許無甚深奧，瑣碎熙攘，卻仍想若不斷地寫，也可能開出蓓蕾。

如今大家常說大家的生活都過得差不多一樣了。日常生活像在窄巷裡往返。窄巷分岔，或許也是小說穿接相遇的阡陌。在阡陌的岔口，遇見別人時也遇見陌生的自己。

這本集子裡，有些小說跟此時此地馬來西亞的政治有關，有些則更關心自己跟現實側身觀看的意識（無論是政治的或非政治的）②。有些則產自一個意念，譬如想要反駁一些流於二元對立簡化的觀點。有些是家人的故事，有些是聽來的他人的故事。虛構混合著事實，而事實總比小說所能想及的更加荒謬。公共議題搬進小說之後，是否還能在書寫中延續指控、或為受委屈者發聲？或對被書寫者負有一定的倫理責任？

每次書寫這些故事，「他人」就成為一面折射「我」的鏡子，無論「他人」強或弱。只要一個人執筆寫作，多少就握有權力。我的故事到底要怎麼說，才對他／她公平呢。要

①根據Anteras在《七土》（Tanah Tujuh）書內的說法，Abang Aku意為「我的哥哥」。
②謝謝張錦忠在《故事總要開始》中的評析。

如何才能把她／他的主動與欲望還給他／她，而又不至於干擾故事。有時你以為是在結構中受害的人，她／他卻可能把自己看成具有選擇權的人。正是這一點，才能使一個人在最艱窘的環境中依然保有希望和自尊。也許這本集子在這方面仍然不是很成功，但盡可能靠近。在寫這些小說時，我試圖把一些自己和他人（母親、鄰居、朋友）的經歷與語言縫編成故事，咀嚼此地的滋味與形狀。雖然或許不免咀嚼得變形了。

小說的聲音可會飄過空谷？也許。沙灘上的足跡，以及雨天路上的濡濕腳印，也不知哪個比較短暫。如果小說的生命不長，那就寫給這不長。雖然經常感到好像有個等著要說的東西會隨時沉沒。如果把馬華文學消失的可能性懸置起來，小說對當前的思索也許可以使「此刻」拉遠。馬來西亞建國以來的霸權問題，與之抵抗的口號並不新穎（譬如愛國），但其中族群觀點與角力狀況在半個世紀後卻有細微的差異。語言改變個體的力量確實龐大，既然我剛好在這裡，就盡量注視這張網，這裡頭滾動的偏見、聲音與感受，多少像觸角一樣伸進了小說裡。即便小說捕獲的只是剩餘——那些在歷史與社會語境中未能占一席地位的零碎、卑微與微不足道，那些對歷史和過去的奇怪說法，或許是值得打撈的碎片。

雖然大部分小說寫的總是他人的故事，但他人的想法與感情往往只是一種局限的知道。只能靠著想像來填補，或渡入自己的情感與思索。因為這層渡入與變形，「現實」切換在另一條水平線上走。彷彿這一現實的界面是個傾側的倒影。〈箱子〉和〈夏天的旋風〉是留台期間所作。〈天空劇場〉是剛離台歸鄉之初，和母親同住老家時寫。〈湖面如鏡〉寫時人還在金寶教書——這篇小說得感謝友人黃婉湄跟我分享她在國內大學的親身經歷，也有部分細節取自新聞報導③。二〇一二年八月開始我到新加坡南洋理工大學報到。餘下的四篇小說，包括以改教的阿米娜為人物的兩篇小說（回教的議題小說因受黃錦樹提醒而重拾再寫），即〈Aminah〉與〈風吹過了黃梨葉與雞蛋花〉④，最初只是要寫一系列改教議題的故事，經過考察之後，就變得集中在阿米娜及其朋友身上，從二〇一二年初開始動筆，每天反覆修改，至少完成三個版本。〈Aminah〉也曾擬題〈有關阿米娜的二三事〉，那一整年幾乎一直重寫阿米娜／（洪／張）美蘭。我希望她不那麼悲慘，張美蘭是從洪美蘭蛻變出來，在此僅選最早與最後的兩個版本把她們一起留下。前兩個版本曾投港台一些

③黃婉湄研究婦女與社會運動，此刻在加拿大念博士。
④此篇小說〈風〉獻給〈馬華文學無風帶〉的作者。

文學雜誌，但不獲刊登，當時也寄給幾個朋友看。二〇一二年底時也抽出一小段作為「驚花」圖文詩展（此活動由吉隆坡幾個作家朋友劉藝婉、梁靖芬、尼雅、陳頭頭以及我五個人共同主催）。〈小鎮三月〉及〈十月〉，也是近期在金寶與新加坡兩地往返中寫成。〈十月〉從找資料到寫完費時超過半年，南洋理工大學的圖書館資料幫了大忙。

我覺得各行各業都在講故事，從工廠裡的工程師到記者編輯皆然。生活裡的故事無可終止，因應生存而不斷複述與變異。總有編造故事，超越平庸生活的欲望。有這些欲望與需要，使我感到自己確確實實活著——我母親、祖母和姑姑們也大概如此，她們說的話像是給石磨碾過的麵粉，也許對歷史無感，但總有瑣碎的日常史；儘管故事來到時總是已在中間。之前之後，那一大片錯綜複雜的疑問，難以望盡如大霧；而細節碎片漫溢如汪洋。或許寫作無可避免得是載浮載沉，或為浮木或為船桅。倘若是無法登岸之茫途，那麼至少這**無岸之河**上，小說容許魚群泅過，魚回返卵、草飛回泥中、灰燼夢見火——哪怕這邊域的寫作，終將消逝、遺忘在歷史大霧中。

或許其實也不會那麼悲慘。畢竟寫作的航程屬於未知。

我仍然期盼小說有批判性。但如果小說能夠有批判力，應該同時也能與迂迴的沉默並行。讓叢叢問題如同疏密各異的時間，在小說體內迴成疊疊花瓣。

初稿於三月下旬，最後修訂於六月底

新加坡

目錄

夏天的旋風

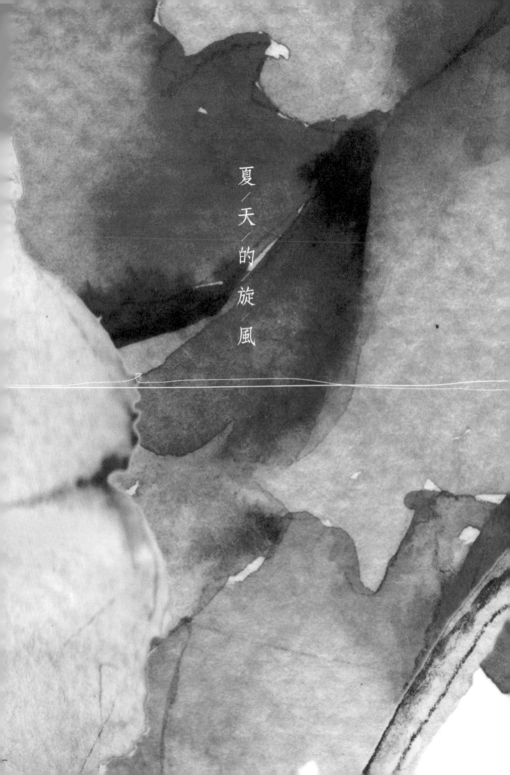

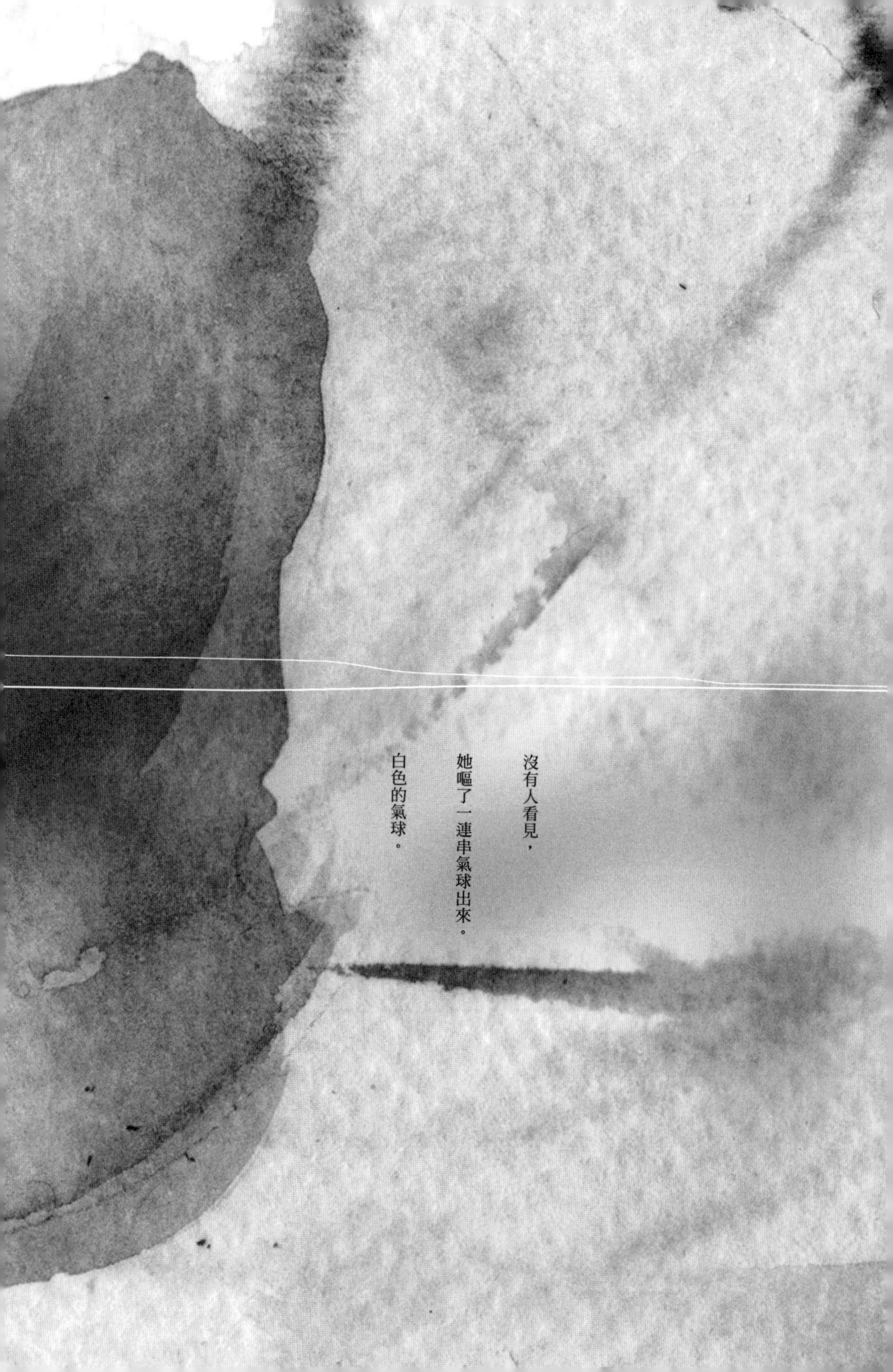

沒有人看見，
她嘔了一連串氣球出來。
白色的氣球。

蘇琴對遊樂場的印象，總是脫離不了旋轉的摩天輪。但這樣的印象有點過時了。當摩天輪美妙地暫停一分鐘，她乘坐的觀覽箱正巧停在最高點。週日午後，陽光刺眼，遊樂場裡光暈漫射，從那個巨大鋼骨圈的籠子裡往下望，地面上的嘉年華會有若一場無法正視的、旋轉不止的漩渦，七彩繽紛地飛旋底下、波濤起伏，讓人看了頭暈目眩。她覺得身體各個部分像是隨時會散開，像紙張一樣穿過鐵花被風斂走。雖然這不是雲霄飛車或狂飆飛碟，但依然有某種恐怖感從頭頂那裡冷冷澆下，彷彿她被虛空縛在一座深淵之上，至於穹頂那裡到底有什麼，怎樣也無法扭頭去看清楚。

「今天，會有點，改變，我，我們，一定。」

錄下這句話之後，就沒有下文了。錄音卡帶的輪子繼續轉動，喀啦喀啦，像一顆骷髏頭在滾動，喀啦喀啦，空空的眼睛追著外面旋轉的世界。雖然想再說什麼，但蘇琴所能給予的只有空白，無法再變成聲音。這不是世上任何人所認識的蘇琴。當她被剩下一個人時，當她想到自己將會被拋棄或者應該要採取主動時，她就會想，不如給自己講個故事。但她發現要對著麥克風說些什麼話，簡直就是荒謬離譜。試試吐出一個音：哦——。

錄下自己的聲音，播放。直到她從耳機裡聽見自己的聲音為止，在那之前，她從來不知道別人抗拒她的原因。聲音侷促不安，如一條蛇藏在裡頭，吐著遊絲般的氣息卡在語句之間。

她嘗試模仿另一種腔調，但依然有某種頑固的音質，如鱗片般沾在每句話尾端。試試說「我——」拉長，聽著它慢慢地變形成O——。電池將近耗完之際，那拉長的聲音聽起來就像某種不知名的動物藏在洞穴裡鳴叫。在什麼也沒錄到的地方，錄音機就只是沙沙地響。

在飄泊的頭十年，她一直懷著樂觀的期望。她畢業後飛到新加坡工作，數年後，和一個男人飛到臺北結婚。當時她相信，假如妳不冒險，事情就會永遠膠著，什麼好事也不會發生。但只要妳夠謹慎，小心翼翼端著手中的托盤，那些美妙的東西就不會打碎。

她踩著一雙橘黃色的拖鞋走進遊樂場。像太陽一樣的黃色，可以踩出信心洋溢的第一步，一切將重新開始。忘掉過去，讓衝突就只是過去的衝突。誤會，就只是有待驅散的陰影而已。雖然這幾天她一直覺得有一種將萬物化為塵土的時鐘音律，在體內滴答踱步，尤其是晚上睡覺之前，風在十二樓的高處呼嘯而過。從高樓往下望，夜間的臺北晶光燦爍，像一張面具等著她飛撲下去抓進手心。但與此同時，也有另一把聲音會撫平那些囈語般此起彼落的囂音。那股聲音極之強韌，猶如將人從泥沼裡拉出來的救生纜，從看不到盡頭的高處，遙遙垂下提醒她：妳還沒有——。哦。我還沒有什麼？呵，我有好多東西都「還沒有」！假如妳眼睜睜看著救生纜在掌心裡消失，什麼都抓不到，身體卻不受控制地繼續往下沉——那又能怎樣？

經過兩年來的冷戰之後，所有過去掩藏在檯面下的東西都被掀出來。但今天，她決定了這不會是一次單純的出遊，未來將不會再含糊地混過去。她將做下一個重要的決定，通過一個重要的測驗。

看著已漸鬆弛的軀體，對那身泳衣略感不安，她從背包裡抽出一件恤衫套上，才推門出去，回到喧囂鼎沸的空氣裡。嘩嘩的水聲沖刷巨大的鋼骨，五彩的陽光在水花裡疊纍著擴大，在夏日的水蒸氣裡，叫笑聲到處膨脹。濕漉漉的人群相互推搡著朝前走。他們嘻笑著，水從眼簾往下滴，幾乎什麼都看不清楚。

她沒下水，頭頂著草帽，燦爛的陽光灑滿遊樂場裡的芸芸眾生。蘇琴在這裡跟著她等待的人。那是每日聽見的口音，浮懸在她的腳步前面。那種彼此之間聽起來自在無比、彼此接納、而且無須轉換的腔調。這一行人正踩過細沙衝進水裡，嗯，她的眼睛看見了他們，那個丈夫，和一雙兒女。他們毫無原因的狂喜，奔向人工浪池。她不由自主地涉水滑過去。在水裡，蘇琴和一大群她不認識的人套在顏色各異的橡皮圈裡，共同屏息等待下一場高浪襲來的快意。浮在水裡的身體很輕，不足以傾覆；這是大家一起合作假裝沒頂的虛假恐懼。這是好的，蘇琴想，要在這人山人海的池裡溺斃，比被壓死還難。

蘇琴發現那個丈夫（或父親）半浮半蹲在兩個孩子之間，一雙張開的手臂顯得尤其雪白，左右兩手各自緊抓著一雙兒女的救生圈。三個人被這雙強壯的手臂串連在一起，有如被一條隱形的鎖鍊套住，誰也不會被浪沖開。波浪過去以後，他們呼哈呼哈地笑著，紛紛咳出嗆進鼻咽裡的水，這時他會暫時鬆手來擦一把臉。然後他們同時皺眉，那種笑起來眼睛往兩旁斜落的表情，是那麼相似。

蘇琴決定玩一個不出聲的遊戲，不說話，閉上嘴巴。她決定悄悄空出這個位子，一個母親缺席的歡樂場面。

「好不好玩？」點頭。

「上不上去？」搖頭。

男人緊攬著他們，緊張兮兮地囑咐孩子一定要抓牢橡皮圈的邊緣，孩子被逗得很樂。他的前額髮際已見稀少，但肩膀寬闊，看起來很可靠。

現在蘇琴記得她的母親。她把許多特殊的優點和缺陷都遺傳給她。母親也曾經緊摟著她，嘴巴湊近她的耳朵，溫熱的氣息吹過頸項，就像她準備用一口氣吹活這個冥頑不靈的泥人：「不管妳去哪裡，妳聽著，妳的未來，就是要結婚，生個孩子。不讓自己老的時候，孤伶伶一個人。」

無法控制，蘇琴在水中冒出眼淚。

這就是母親想盡辦法要告訴她的話，她重複了那麼多次，以至於蘇琴覺得那就是她母親自己的金科玉律，似乎那就是她母親此生最想說的。

有一些話卡在肚子裡，蘇琴從來就無法把那些真正想說的話吐出來。沒有適當的機會，那些話在心裡研磨了好幾年。有時候她懷疑，這些話可能根本沒有說出來的價值，甚至也可能不是她真正想講的，到底哪一句才是必須說出來的話呢，她想自己也許沒有辦法知道。也許死前的那一刻就會懂，也許在說出來的剎那，也就完成了。但假如到頭來一直都不懂，那又怎樣呢？

遊樂場最好的事，或許就在於它是一場無須多言的狂歡大會。但你卻可以從激烈的遊戲中證明自己。強烈地笑、尖叫，或者失色地跑，提著橡皮圈，從一個地方奔向另一個地方，從高處滑向低處，或者從低處衝向高聳的頂點。夏天的陽光燙燒肌膚，蘇琴發現遊樂場有一張在其他地方都沒有出現過的臉孔。當然每個地方都會有特別的表情，就像在車廂或電梯裡都有各自專屬的臉孔那樣。遊樂場的臉，是屬於痙攣的臉，因為強烈的歡樂而痙攣。這種歡樂和死亡相似，像太陽一樣從體內放射，慢慢地燒著體內的每一根纖維，令你不得不渾身滾燙地到處亂跑。

厭倦了人工浪，那個小女兒踩過細沙，小步地奔跑。現在他們又要跑到另一個地方去。在樂園裡歡快地移動，他們不會相信，一家人不過只有數年時光暫時相聚。現在，想像自己是個隱形的母親，被家人忽略的存在，蘇琴沉默地跟隨在後，從後面看著三人的影子在陽光下跳動。

他們被帶到一座大城堡前面，小孩在那裡反覆不斷地爬上滑梯、梯級，沿著密封的滑道衝到水池裡。反覆滾落，又反覆爬上頂端，等著自己被突如其來的海浪沖刷，讓圍觀的父母觀看，他們是何等聰明而敏捷，可以禁得起無數次的考驗或打擊。

他們跑到沙灘上玩排球。在另一個地方，他們三人共乘一艘橡皮艇，在一個膨脹橢圓的大碗裡尖叫環繞。十多分鐘以後，蘇琴看到他們被排出到一條小河裡，筋疲力竭地癱倒在橡皮艇上。

「我們是否要回去了？」

「不要、不要，我們還沒有玩那個、那個！」

「天啊，」那個父親看了那列正緩緩爬上斜坡、旋即疾速俯衝的列車，人們幾乎是光禿禿地把自己暴露在高速颮過的空氣裡。「我可以說不嗎？」

「妳能坐嗎？」

她沒有立刻回答。她舉起攝錄機對著他們，變換焦距，把他的臉拉近、放大，然後再推遠、變小。她想要從那張臉看出來，那裡頭究竟是有懇求，抑或僅是敷衍的意味。但她只看到一張異常疲憊的臉，一股已經失去活力、幾乎平坦、沒有溫度的視線，僵硬地對著鏡頭。她希望那是出於這些過度激烈的遊戲，而不是因為過去幾年消逝了的時光。在攝錄螢幕的影像裡，他們並排站著，背後的七彩氣球、卡通、鋼骨與那些塑膠玩意，稠密地包圍著他們，幾乎沒有多餘的空間剩下。

現在他們正在一條長龍裡排隊，一瞬間就即將登上那輛飛車。蘇琴和他們站得很靠近，假如有別人在一旁看他們，也會自然地認為蘇琴和他們是一家人。他伸出手，看似想碰她的肩膀，但最後卻是落在女兒細軟的頭髮上，他把她抱起來，嘴唇在她額頭上一親。同時擺了個鬼臉，讓太陽眼鏡低低地滑落到鼻尖上頭。小女孩沒被逗笑，她蹙眉看他。背後連綿的說話聲像膨脹的海綿一樣親密地貼過來，但沒有任何歡樂會滲透進來。

上空不時傳來一陣陣震耳欲聾的俯衝歡呼聲，當它在頭頂上掠過的時候，蘇琴覺得頭皮發麻，就像有一把利刃在頭頂上劃過那樣。她知道是什麼東西神使鬼差地使她點頭，因為那陣颳過公寓的風，像漩渦一樣會把她吞沒，吸到深谷底下。

一定要坐上去，她模糊地想。就算只能暫時麻痺也好。

她注意著前面這個男孩的動作，他安靜地吹著泡泡。她猜想他其實很緊張，但他掩飾得很好，她沒有看見他顫抖。他的臉上沒有絲毫表情，他的眼睛非常平靜地盯著眼前一根水草末端冒出來的七彩泡泡。泡泡昇到空中，變大，上昇，變得更大，越來越高，然後破掉。就像嘉年華會忽然停頓了似的。

她聽見後面有個女孩對媽媽說：我要去小便。她媽媽毫不猶疑就帶她離開，兩個人再也沒有回來過。

妳應該想辦法和他說說話。說著話的時候，人們就會忘記時間過得多麼慢。妳知道自己無法這麼做，因為只要一開口說話，眼淚就會失控掉下來。

她想，她是在作夢。在夢中，任何不可能的交談都可以進行。任何不可能的事都會發生。

「妳好嗎？」男孩忽然轉過頭來問她。

「好，」她轉頭對他微笑。「當然好。」

沉默的遊戲結束了。現在，他們總算先開腔。不管她的口音如何，他們必須要開口對她說話。她伸手摸摸他的頭髮，他沒有抗拒，雖然他到現在還不肯叫她，因為不知應該如何稱呼她：阿姨、阿嬸？

「妳可以不坐，」他說，「假如妳害怕。」

「我不害怕。」

「我媽會害怕，她上次也在出口那裡等我們。」

聽著這話，她不是不驚異的，那個女人，每次都像她這樣嗎？還是她代替了她的位置，變得像她？

「我沒有那麼害怕。」

「如果這火車掉下來——」

她安慰他。雖然她一點也不瞭解那種地獄般的狂歡，這整片拆掉後就將只剩沙漠的城堡，此刻正激騰地叫嚷。但她願意說服別人相信那些她希望自己相信的。

「再過一百年都不會掉下來。」

她永遠不會再坐第二次。那種翻轉過來的感覺，整個人被懸掛倒過來，就像垃圾桶被翻過來猛力搖晃，要把裡頭的東西全部倒光似的。她覺得自己的身體被緊緊地吸附在座位上，可是裡頭又有什麼東西要往外飛，就像是有一部分的靈魂要被風斂走。

她無法制止地與其他人一起高聲尖叫，不知喊出「哇」還是「呀」，也無法聽出別人在喊什麼。有一種共振的歡樂像痛苦一樣強烈地盤據了她，如膨脹的海綿般擠壓著她的心臟。

也許她陷入了夢境，也許她曾經昏死過去。一朵白茫茫的雲霧，從鼻子底端昇上來，逐漸擴張，膨脹，直至它完全蓋住她的眼睛。有一瞬間她什麼也看不到，再也看不到那片疾速飛逝的模糊風景。只見到一種光滑的、濃稠的、純淨的白色。那真是一種噁心的空白。它那麼黏膩，分明是什麼都沒有，卻又什麼都容不下，凝滯不動地蹲坐在她頭上，壓著她的臉。無法掙扎，彷彿她已經死了，變成一具無法動彈的屍體，被一團封在蠟裡的奶白物質包裹起來。到這地步她僅能狂喊，憤慨地抽光肺葉裡的空氣，直到有個東西慢慢地沿著咽喉爬上來，她感覺到自己開始嘔吐。

這片覆罩著她眼鼻的空白顏色逐漸變輕、縮小、遠離她的臉，沒有重量、它甚至看來帶著光滑的弧形感。她清楚地看見一顆巨大的、白色的O，從張開的嘴巴裡冒了出來。

兩顆，三顆。她沒辦法數。它們全都冉冉地飄上湛藍無垠的天空。

她想，沒有人看見，她嘔了一連串氣球出來。白色的氣球。

坐在前方的父親自然不會看見。身旁的男孩不曉得究竟是睜開還是閉著眼，在全程中他一直尖叫。嗯，他的確是什麼都沒看見，他在過後對她說：「妳沒有嘔吐。」

男孩迷惑地看著她。她可以讀出藏在他心裡那句沒有說出來的話：看吧，妳果然跟我們不一樣。

在他們一起衝出來的剎那，父子三人都立刻張開紙袋，各自往袋子裡大吐特吐。蘇琴記得今天上午，他們在餐廳裡點了漢堡、焗飯、火腿雞排、薯片、冰可樂。當時她根本不想勸阻他們。

他們都低著頭，以類似的抽搐感和節奏，嘔出腸胃裡的雜食所化成的液態。無論是揉著胸口的動作，還是呼氣之後的虛軟模樣，他們看起來都是如此相似，她掏出紙巾給他們，白色的紙巾。她接過那三個裝滿嘔吐物的紙袋時，並非是不噁心的。

不只是因為眼前的孩子都是另一個女人生下的緣故，即使是她自己生下的孩子，也可能會長得更像父親，或更像自己。他們都會成為他的孩子，或者也會成為她的孩子，如果她盡力爭取，如果。如果她到死的時候還愛著他們。他們也許會無可避免地說著和她明顯不同的口音，或者也會逐漸地、一點一滴地愛回她。

但每個人都會離開她。在她死的時候，必然是一個人，孤伶伶地死去。

這個下午真漫長，她覺得自己熬了很久。在遊樂場的另一邊，他們經過一種不停在旋轉的心形大杯子。

「還要玩嗎？」

小孩失措地看她。

蘇琴先走進去，她坐在裡頭等候。她抬起眼睛注視著三父子，她等候著他們的下一步。那個丈夫（那個父親）走過來了，他坐在她旁邊，握緊她的手。

「妳怎麼啦？」他說。「大家都很累了。」

她不理他。她轉頭朝向還呆站在杯子外面的那兩個孩子叫喊：「快點上來，快點。遊樂場要關門囉！」

孩子們立刻爬上來，男的靠向他父親。女孩起初猶疑著不知該坐哪裡。她伸手用力一拉，把女孩拉過來，讓女孩的耳朵貼近自己的心臟。

起初杯子的速度很慢，就像一首悠揚的樂曲。隨後，音樂越來越激昂，杯子就轉得越來越快。蘇琴覺得自己就像被一根看不見的湯匙，以越來越快的速度拌攪。他們的鎮靜和防備快速被融化，每個人的嘴巴似乎都被塞進了另一張嘴巴，從那裡吐出了尖銳的叫聲，不屬於任何口音或腔調，共同的叫聲縈繞在遊樂場的上空。

正如蘇琴所想像的那樣。在杯子停下來的時候，他們四個人就像一般正常的家人那樣，緊緊地黏在一起，像四塊融化的方糖。

天／空／劇／場

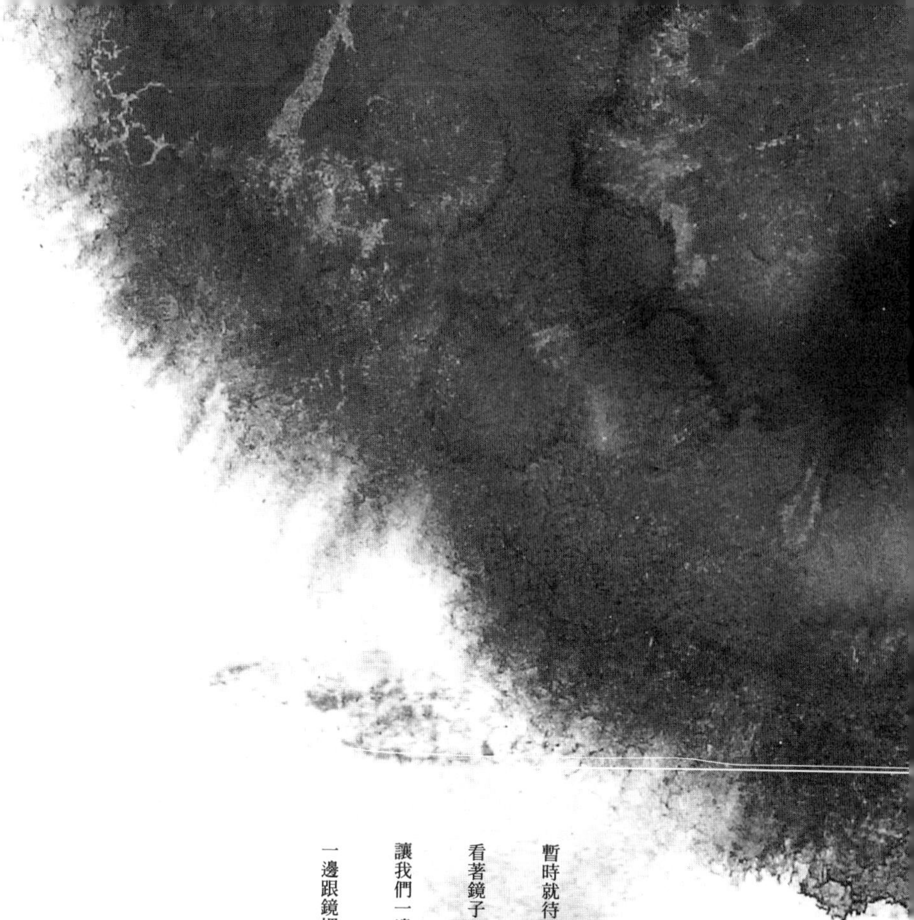

暫時就待在這裡，
看著鏡子吧。
讓我們一邊看著鏡子，
一邊跟鏡裡別人的倒影說說話。

像森林裡的迷路者那般相互叫喊。
——尼采《人性的、太人性的》第一卷第八章

「外面有警察。」
「是藍衣那種嗎？」
「不，是白衣那種。」
「他們來做什麼？」
「來管路。那邊有人死。等下要出殯，車子亂停，妳看那裡都停到滿。」
「我們剛剛也兜了很多圈才找到位置。」
沒人接腔。
「這裡警察常來巡嗎？」
「嗯，算是——他們常常開車，這邊逛逛，那邊看看，也不曉得在看什麼。」

「他們有來查過妳嗎——」

「噢，沒有，完全沒有。」

母親站在窗前，往外看了老半天才坐下。這裡只有一個理髮師，其他人必須耐心等候。室內瀰漫濃烈的髮膠味。地上堆滿剪落的頭髮，厚厚疊疊，彷彿某隻動物消失前剝下的黑亮毛皮。

梳一把女孩的頭髮，卡嚓卡嚓剪下。好美的頭髮，理髮師這麼讚嘆。但這讚美卻無法打動女孩，她一臉木然坐著，活像被隱形的繩子綁來這裡。她母親坐在後邊談起學校，談起假期已近尾聲，談起學校的各種規矩，不外是關於指甲、頭髮和裙子的長度。人們說裙子必須要超過膝蓋，她說。各種事物的尺寸長短總有一定規矩。然後那個母親又談起那些聽來的懲罰法子，先是警告，接著就會被記過，非常嚴厲。一個人會因此失掉寶貴的時間和分數。女孩安靜地讓身體藏在那件寬大的披肩底下，就像紮在椅子上的帳篷，剪下的頭髮就像落葉，沿著帳篷表面滑落腳邊。聽任它落下，她沒有任何反應，就好像身邊傳來的話都沒有意義。

頭髮剪掉以後還會繼續長出來，理髮師說，以後再來找我。

也許以後學校會改變，他們有時會這樣，一時嚴厲一時又放鬆，另一個母親說。

那時候就可以把長髮再留起來，梳妳喜歡的花樣。

理髮師穿了一身鮮亮的紅衣，紅衣使她醒目得像小紅帽。紅色的衣領綴滿蕾絲，像花瓣一樣襯得她臉頰雪白。她踩在一攤濃稠的黑髮裡，專心地給女孩剪頭髮。

她看來大約三十來歲，五官相當漂亮，雖然有點憔悴。聽著別人聊天，她也會插嘴。附和，驚嘆，靈巧地接腔，顯然聽得懂大家的福建話在講什麼。她自己說的是一口印尼腔的馬來話，但似乎已居留多年，用語都易懂。

當大家稱讚她這衣服好看時，她就眼瞇瞇，心情很好地笑起來。

「妳剛回來，還要出國去嗎？」她忽然問我。

我嚇了一跳，沒想到她也懂得我的事。

「看吧，如果有機會，再看看如何。」我含糊地說。對這問題我沒有確定的答案。

好一會兒，我才想起來這個印尼女人是誰。大約四年前，我回家度假時，她來找過我妹妹。當時她那口印尼腔比現在還更重些。

我說，她不在。我以馬來語回答她，我妹妹不在。然後就一頭栽進書裡。

不過就算想起那次短促的會面，我對她的瞭解也依然一片空白。她為什麼會站在這間屋子裡——攬著顧客，招呼她們坐下？她是來打工的嗎？——不是，因為我聽見他們這麼談論這棟房子。她們問：「這間厝多少錢啊？」旁邊的老太婆說：「一百多千。」她們驚嘆了一會：「喔，真值得，是永久地契嗎？加上利息又多少？」理髮師就插嘴說：「沒有利息，是現金買下來的。」「裝修花多少錢？」理髮師又答：「將近四萬多呢，妳們看，這裡，原來是房間，牆壁本來在這，我打掉它，才改成這樣寬。」——她回答得就像個主人，所以我知道這棟房子是她的。乾淨、嶄新、寬敞、雪白，而且還有個院子。因為有這棟房子，她自己的家，所以她不是什麼人的女傭，也不是餐廳裡侍者或小販檔的工人。無人聘請她。其他人也沒對她頤指氣使。她看起來像老闆娘。不，她確實是老闆娘，因為一個人沒有理由不是自己的老闆，假如她是在自己的房子裡幹活。起初我不懂老太婆跟她什麼關係。不知她為何會擁有這棟房子，擁有這一大片滑亮的鏡子、這一排滾輪椅子和烘髮機、嶄新的裝潢。我也很驚奇她竟然可以買得起，我到現在還無法買得起房子。

當別人講笑話時她也會笑。聽到檸檬水鎮的新聞，這位印尼來的女人也能輕輕鬆鬆地答話接腔，比我更像屬於這裡的人，我倒像是聽故事的外人了。她彷彿跟其他太太們一樣，孩子、家婆、丈夫都曾屬於同一個小鎮。我太久沒回來，檸檬水鎮的人我很多都不認識了，許多名字聽著也覺得陌生，完全不瞭解這些事情的來龍去脈。在室內一角，有一張貼滿鈔票的桌子，桌上擺著一個收音機。這個收音機只比手掌略大。我開始玩弄起這架收音機，試著調弄接收頻道的指針，播音器像一張彈性變形的嘴巴，時而清晰，時而悶著模糊地沙沙作響。

她們談的都是些無聊事。誰的孩子賺了大錢、誰被老千騙、誰生病住院、誰家被竊賊破門、誰借錢、誰欠債、誰幫誰還債。大抵如此。隻字片語鑽進耳朵，又隨著分針滴答流走。她們一邊說話，一邊瞄著鏡裡的自己和別人，神態自在，說長道短、高談闊論，時不時還伸手撥弄自己的頭髮。我卻難為情起來，於是就移到看不見自己的角落裡。

或許因為無聊，我開始幻想在場的人有一些遲早要抖出來的祕密。我匆匆地聽過上午新聞、流行歌曲的零星片段，同時豎起另一邊耳朵聽她們的家常閒話。她們的聲音掩蓋了收音機尋找頻道時的雜音。於是我不再調弄收音機了，讓它自個兒在角落裡不清不楚地響。

收音機簡短地報導一則尋人新聞。幾年前，在檸檬水鎮也有一個男人失蹤了。

理髮師把一張白色的大毛巾鋪在媽媽的肩上，從鏡裡觀察媽媽的頭髮。

媽媽說：「這麼大隻的人，竟然會找不到，真奇怪。」

「對喲，是很奇怪哩，這麼多年都找不到。」理髮師說，一邊用手擺弄媽媽的頭髮：「妳想要怎樣呢？要不要把劉海也弄捲？」

「隨妳弄，最重要的是把我變漂亮就行了，哈哈。」媽媽說。她盯牢鏡裡的自己，那麼專注地看住鏡子，彷彿已經深深地沉入鏡中，似乎留在鏡外的是她的分身，而這具分身會幫她在這個世界裡應付人生。

「若是喝醉酒跌進河，至少屍體會浮上來，要是人死了被埋在啥咪所在，只有看天意才會找到了。若是人活著還匿在啥咪地方無回來，不如當他死了更輕鬆。」旁邊的女人這麼說。

「有人說他出國躲避去了。」

「不是。出國躲避的那個，不是他，是阿駝。」

「阿駝是去泰國躲債。」

「到底一個人失蹤要多久後，警察才不再找了？」

「唔知，真要伊攏去找時，伊攏就不會去找。不要伊攏的時候，伊攏就會來找麻煩。」

理髮師說媽媽的頭髮太脆弱了，如果用一種新出的藥水，就不必電燙，也不會傷頭髮，

「好不好？加多二十元罷了。但要花久一點時間。」

她說著就自然而然望向年長的女兒。我唯有點頭，咧嘴笑。說：好，可以，沒問題。

鏡裡的理髮師臉現欣色。

「我們不趕時間。」我說。

的確，我們兩人暫時都無事可幹。媽媽已經不再需要忙著給一家大小張羅午餐。我也已經閒置了大半年。那些曾令媽媽忙碌的人已經走出她的生活，連我也只是偶而回來晃晃。暫時就待在這裡，看著鏡子吧。讓我們一邊看著鏡子，一邊跟鏡裡別人的倒影說說話。不過，只差那麼一丁點兒，現場就像煞一部電視劇，小時候看過的，在國營電視臺播放。演員以各異的語言念臺詞，好像都在說著同一件事——說好像，因為我沒能完全聽懂，不能確定。那時我一直不明白為什麼他們必須那樣表演。但現在我發覺現實裡人們原來真的可以這樣交談。當然不是以

那種昂揚頓挫的音調。也許人只有吵架時才會那麼說話。

在隔壁那條街上，有一場葬禮在進行。有個女人剛從那場葬禮離開，她告訴我們，那真是讓人心酸的場面，那家人的小女兒自殺死了。一年前大家才剛出席她的婚禮。

「說是患了憂鬱症。」

「那她老公呢？有沒有來？」

沒有，他並沒有來。這真奇怪。她們猜測原因。她們說一個男人有錢之後養起小老婆，真是一點都不奇怪。男人不會動輒為此離婚的，他們不會那麼傻。但做人老婆自殺就真是太傻了。

「生命比較重要啊。」

她們斬釘截鐵地說，然後又一同感嘆。一想到這種不幸，身心就顫抖起來，厄運比幸福更讓人激動。

我可以看見理髮室的門窗在我背後緊緊閉上。濾光玻璃把陽光隔離在外，使室內陰涼柔和。室內是乾淨粉白的牆壁，地上是望之悅目的藍白色瓷磚。不知為何，這個地方太新、太寬、太大。米色的沙發毫無磨損的痕跡。外頭連一張招牌都沒掛。這間開在住家裡的髮廊並沒有執照。真的嗎？妳沒有執照還敢開幕？有人這麼驚訝地問。我這才注意到屋子外擺放著幾叢別人送來的鮮花。

我想在自己家裡熱熱鬧鬧請客有什麼不對？理髮師說。髮廊看來什麼都不缺。有一輛可以拖來拖去滾輪的三層架小推車，推車上擺著一個小工具箱。工具箱內有各種尺寸的削髮刀、梳子、髮夾。室內一角還有一臺洗頭用的躺椅，頭枕處接著一個白瓷水槽。牆上也貼著一般髮廊可見的海報。總之，這裡一應俱全，應有盡有。我感到奇怪。假如警察找上門來，偌大一間理髮室根本就藏不起來。

時間穿過頭髮，瀝瀝流向水槽。

從鏡裡可以看見她們，她們分散坐在靠牆的摺疊椅和沙發上。沒有任何一個人願意坐到鏡子前面，彷彿那些新椅子一坐就會碎開。媽媽兩旁的椅子都空著，就好像她一個人被推出去坐在臺前表演似的。

「妳男人死去多久了？」老太婆問媽媽。

「剛好有十年了。」

「那真了不起，」老太婆說，「一個人養大孩子真不容易。」

媽媽的眼睛幾乎從不看鏡裡的旁人，她只是專注地觀察她自己，有時候我好奇她自己從鏡中看到的臉，和我平常所見的有什麼不一樣？她應該有一種美麗的神態是希望大家都能看得到的。

「大家都說我一個人把孩子養大，真厲害，」媽媽又說。「好家在沒再嫁，否則就唔知安怎面對囝仔。」

理髮師沒有接話，她低頭看著媽媽的頭髮。不知為何，這個印尼來的理髮師從不看鏡子，就好像鏡子對她完全沒有吸引力，只是為了工作，她才不得不勉強偶爾抬頭看它一下。就算她抬頭看著鏡子，盯著的往往也是顧客，是別人，而不是她自己。燈光在她的眼睛下方投落陰影，長長地劃過臉頰。她用手指繞弄媽媽的頭髮，一小綹、一小綹的，用許多根小小的橡皮髮夾捲起來。手指沾了護髮液，穿過枯黃的頭髮。指甲和髮絲似乎越搓越長。

媽媽依然看著鏡子，或者也沒真的看著。或許她想聽收音機播放的天空劇場，但遙遠的故事不比隔壁某人的故事動聽，妳所認識的人背後藏著的故事總是比較有趣。

老太婆轉身進廚房端出一大盤牛奶果凍，忙著請屋裡的女人們吃甜點。我沒吃，因為冰冷的食物總讓我覺得難以下嚥。其他人都吃了。

後來，理髮師這麼對媽媽說：「想要的話，您也可以出去玩啊。」

「去哪裡玩？要有錢才能出去玩。」別的女人說。

「跟阿霞的契媽①出去玩。」另一個女人說。於是大家就哄然大笑。

「我聽說她每隔兩星期就去夜總會，」又有另一個女人說。她過後轉頭跟我說果凍好吃，叫我也吃一塊，上面灑了甜醋，又酸又甜。

「真嚇人，五十歲的人了，還穿牛仔短裙，學後生搖頭，搖阿哥哥。」

「真的很厲害，」理髮師就說。

「給別的男人抱來抱去，」有人說：「完全冇擔心，伊囝仔安怎想。」

「每個人想法都不同，」媽媽說。「玩歸玩，不要沉迷過度就好，否則哪天會被人騙了。」

「像我小叔的朋友的某，就給人騙走了幾十萬喲。」

「可是也有男人沉迷過度呀。」有個女人說。

「這就是他們自找的啦──家破、人亡，妻離、子散，欠債、破產。身敗名裂。」

「哦，就像那個老德的囝仔。」

「真是個敗家仔。把老爸的家伙賠光了，害得伊老爸去租鴿樓來住。」

「老德老了好多，全部為了囝。」

「伊囝自己卻跑到英國去洗碗。」

「當他失蹤也好。」

①亦即乾媽。

「哪裡會，就算爛泥巴也還是心肝頭。」

理髮師用一條白色的毛巾把媽媽的頭包起來。我想一定是因為空調太冷，她的手有點發抖，毛巾打結了好幾次。我也很冷，而且有點餓了。

話題又繞回隔壁葬禮那個死掉的女人身上，她們說她死得真可惜。「哪隻貓兒不偷腥？哪個沒在外邊走私過？」「只要他給錢給家用，那他心裡就還有老婆和孩子，就算是好男人。」「不要吵，當著自己什麼也不知道。」「那種事情不過是一時的迷戀而已，不會貪戀太久。」就像幽靈般在牆壁間呢喃：「不要想不開。」「不要鑽牛角尖。」「不要說破，他不說，且裝著不知道。」「要學習隻眼開、隻眼閉。」「這樣他最後還會回來。」

「我還要等很久嗎？」媽媽問。

理髮師對她點頭，「是的，等多一會。大概半個小時。」

她走開了，一會兒提著掃帚回來，那一大片在地上撒開的髮絲，如同一張網那樣給收回來，留下白光光的地板瞪著我們。

妳們都不剪頭髮了嗎？媽媽問。

大家搖頭。

「萬一不幸，這種迷戀拖上很久，有些男人就是會把小老婆帶回家。那時候難道每個人還能裝著不知道？」有個女人問。

我冰箱裡還有別的糕點，妳們要不要嚐嚐看。老太婆蹣跚地站起來說。

有個女人低下頭看看自己的腳，說，看看我的腳，也不知道怎麼回事，它又腫了。

按一下看有沒有手指印？另一個女人建議她。若有的話那就是水腫了。

話題像泡沫一樣散開了。給我食譜，有人這麼對老太婆說。老太婆則說，來，再試試我這盤牛奶果凍。

理髮師沉默地掃地，她走過鏡子前面，把每一張理髮用的空椅子都擺正好，每次都站在椅子後方看牢鏡子一會，就像視線裡頭有一條隱形的繩子幫她測量傢俱。她沒再插嘴，似乎心情變差了，顯然生意並不怎麼好，沒有其他女人要理髮，她們都是來聊天的，我媽似乎是這個上午的最後一個客人，鏡子前的四張椅子都還是空的。也或許因為她開始聽不懂別人在說什麼了。有時候我也會這樣，疲倦時就會忽然什麼也聽不懂了。

不管什麼原因，她完全啞了，連半句印尼腔的馬來語都沒再聽到。彷彿她已經完全隱遁到牆內，空氣裡再也沒有她發言的餘地。

才剛過了十分鐘，媽媽對我說：我還得等二十分鐘。咦，她去了哪裡？

不知道。

對，她確實不在這裡。四顧不見她，她真的不在了。我沒注意到她何時不見的。但我也注意到之前所忽略的小東西，比如說，從鏡子裡可以看見天花板垂下一盞燈，燈罩上有幾隻蝴蝶，牠們飛在一朵金光裡。我剛才根本沒注意到有這盞燈的存在。燈光在地板上投下一圈光一圈暗。我敢肯定這燈本來是不亮的，當它亮起來之後我才注意到它。

大家的注意力又轉回頭。原來的話題又活絡起來。

「阿烏的家，現在就是這樣。同住在一間屋子裡，妳裝著看不到我，我裝著看不到妳。有東西被搬走了也裝著不懂是誰搬的，窗口破了不曉得是誰弄的，房間有人闖進來，抽屜被別人翻過，衣服不懂被誰剪破，鍋裡的雞湯加了料變成清潔劑湯——整間屋子活像在鬧鬼。」

「就算是這樣，」媽媽說。「生活也要繼續過下去。」

頭頂上的那盞燈亮了又暗下來。燈罩上的那隻蝴蝶變得黯淡了。我想有個頑皮的小孩藏在哪裡玩弄電燈開關。

我認識她們說的這個阿烏，他個子矮小，在我家附近開了一家摩哆修理店。人們說他小學沒念完就輟學，因為頭腦太笨。人們也說他甚至寫不出自己的名字。但只要有人嘲笑他的第一個老婆是多麼愚笨又不懂事的時候，他就會嘆氣，就會笑，他會說：你們說得對，她真沒用，什麼規矩都不懂。我明明給她吃，給她穿，她還在家裡鬧，我都沒鬧。她真是沒用，她就是想不開。

「阿烏其實有點笨，是不是？」

「阿烏的媽媽很喜歡阿烏娶回來的小老婆。」

「她到處跟人說，說小老婆勤勞，而大媳婦很吵。還說，只有媳婦在吵，兒子卻很乖一點都不吵。」

「這是什麼話？講了也不噁心。」

「就是這樣啊。」

世上的事情就是這麼奇怪，這樣噁心地重複著發生。我聽著生氣起來，有特權的人當然不需要吵。當那種讓人氣昏頭的嗡嗡聲不分日夜地在心裡縈繞不去時，妳會想要叫喊好把它嘔出來。可是有特權的人聽不到這種聲音，他們好端端的什麼也不會聽到。

「要不要喝點水？」

老太婆遞給我們每個人一小杯礦泉水。用吸水草②戳穿杯口上的塑膠套，大家閉上了嘴。

很久以後，理髮師才冒出來，她再出現時換了一件衣服，紫紅色的上衣鑲著亮珠片，重新描過唇線，像準備出門。已經過去半個小時了，媽媽提醒她。理髮師就說，是的，妳的頭髮就快弄完了。

②吸管。

她走過來站在我媽背後，小心地拆開一綹頭髮，頭髮又鬆又散地垂下來。我坐在側後方看得很清楚，同時在那一刻感覺到她的驚慌。有一根髮夾掉在推車上的盤子裡，發出清脆的哐啷。

我想別人也看得很清楚。沒有人冒失地開口說：頭髮根本沒捲成，失敗了！沒人這麼說。事情都是在隱瞞不住時，才說出口的。媽媽的頭髮從後面看來有夠糟，但從前面是看不出來的。我有點心疼，但心想還是先別出聲，她會有辦法解決。假如她想要出門，那麼她必須先弄好我媽的頭髮。

理髮師臉上沒有笑容，我以為這是因為她緊張的緣故。她的雙手飛快操作，就像趕著交卷的學生振筆疾書。她花了十來分鐘，把每一綹頭髮重新捲過，抹上一層更濃的塑髮膏。最後再度用白色的毛巾把媽媽的頭包起來。

「是不是還得再等？」媽媽問。

「再多等半個小時，」理髮師低低地說。那副樣子極累，我有這樣的一種感覺，她明明還很年輕，可是她臉上的陰影彷彿卻將永遠留在那裡，那眼睛底下除了陰影就別的什麼也沒看到。

「妳很適合燙頭髮呢，」有個女人對媽媽說。

媽媽閉目養神，或許她真的想睡了。我覺得自己又冷又餓，心想她這錢其實也真不好賺，一夥人餓著肚子乾等。窗口上有抹深深淺淺的陰影在晃動，產生了一種錯覺，彷彿自己正從戶外觀看別人的生活。有時候，我會搞混收音機傳出來的聲音，比方說，究竟是劇情或救護車（或警車）剛剛經過了路口，這點我分不清楚。

天空劇場結束以後，一段輕音樂在空中跳動。有個播報員起勁快活地說：親愛的聽眾，現在已經是十二點零三十分了。在場的女人一一起身，說她們必須回家弄午飯了。來閒聊的女人都走光了。老太婆從廚房裡鑽出來。

「什麼菜都沒有呢，」老太婆對理髮師說。

理髮師拉開抽屜忙著找東西。我們看著她緊張兮兮地拉開一個抽屜，關上，又拉開另一個抽屜。最後她終於放棄。

「我要出去載孩子，順便買菜。很快就會回來。」

她抓起手提袋就走了。我們三個人像主人一樣站在門後，看著她跳上那輛紅色的靈鹿。她蹬著一雙銀色的細腳高跟鞋，動作卻快得像在逃離一間鬼屋，也許這是我的錯覺：這是她第二次從我們的面前消失。車子像脫困的鹿一樣歡悅地飛奔離去。

時間，時間。時間是頭髮。光和鏡子。瞌睡與打盹。沉悶的午後，嘰哩嘰嚕的收音機。

「唉，我是不是糊塗了，我都不記得我們到底等多久了，」母親說。「我們到底等多久了？」

「我也不知道。」

「她還沒有回來，好像正午剛過就出去了，是不是？小學生不是一點半才放學嗎？」

「我不知道。也許學校遠了一點，也許她還要先去買菜才去載孩子。」

「不懂要等到多久，她才回來。妳餓了沒有？」

「沒有，我不餓。」

「妳看什麼？」

「錢，」我隨便說說。我在看一張桌子上的鈔票，似乎那些有點錢的人都喜歡收集一些鈔票，把面值小的鈔票裝裱起來當成裝飾。大約有數十張東南亞各國的鈔票，一令吉、五披索、三百泰銖、五十萬印尼盾，諸國元首、國父、歷史偉大人物的人頭圖像，全都平整溫馴地壓在玻璃底下，填滿了整張桌面。鈔票上的人頭在玻璃下彷彿永恆而莊嚴地微笑。他們的眼睛似乎在看著無人所知的某處，超出這間屋子之外，那些他們允諾要帶我們到達的遠方。

母親瞄了一眼這張桌子，「這裡很冷，」她說。她縮了縮肩膀。妳不冷嗎？再等下去我會冷死掉，我要出去外面曬太陽。

她頭上還裹著白色的毛巾，就推開門走出去了。

當老太婆從廚房回到客廳裡時，只剩我和她兩人在理髮廳裡。她告訴我，桌子上那些錢都是她兒子收集的。

「我兒子以前去過很多地方，這些鈔票是他四處在國外做生意時收的。」

「那妳兒子呢？」

老太婆猛然轉頭看我，她有點矮胖。污漫的雙眼裡除了驚訝，還有點別的什麼，我說不上來。

「妳沒聽過嗎？妳真是什麼都不知道呀。」老婦人眼睛忽然濕潤起來，「他是撞車死的，喝醉了，撞到大樹上。」

剎那間我不知道該說什麼。

「妳看看這房子，就是用我兒子的保險賠償金買的。這房子也是我媳婦和我孫子的。」

「妳的媳婦——？」

「就是剛剛那個幫人家剪頭髮的查某啊。」她壓低了聲音說，「她是我兒子的小老婆。」

我知道自己無須再問下去，我只需要聽著。雖然我一直裝著沒有興趣知道。也或許她純粹想跟人說說她的兒子，就像許多母親一樣，她們願意把往事從心肺裡掏出來講給陌生人聽，彷彿只要有人願意聽這個故事，死人就會活回來。

「他以前在印尼做生意時帶回來的。他還有個大老婆一直住在新加坡，本來什麼都不知道。他死了，她才匆匆忙忙從新加坡趕過來。她一過來，看到這情況，就立刻吵，發脾氣。好兇啊，五十多歲的人了，還發脾氣冒火，氣得不得了。可是沒人要跟她吵，她就把小姨趕出門。」

她安靜了一會，不停地眨眼，想控制淚水不讓它流出來。

「我們都勸她算了，有什麼好鬧呢？給誰看呢？人都不在了呀。」

我兒子，對小老婆可是很真心、很好的。老太婆說。

這棟寬敞舒適的房子回報了理髮師的青春，當她在那個遙遠的城市跟著他時，她還少不更事。這棟房子很美。正午的陽光很亮，紫紅色的九重葛從柱子爬到屋頂上去，像要把屋子壓垮。一排橘紅色的天堂鳥開得燦爛，有種違悖常情的歡樂似乎藏在肥美的葉子和花莖裡，等待剪刀把它剪下。

我們當初進來時按門鈴。老太婆帶我們沿著院子裡的籬笆內側往裡走，然後再從側門進入理髮室內。很少人會注意這扇小小的側門，因為它被曬衣架和美人蕉擋住。就算你偶然走近了，看著它也像是在看著一面蒙灰的鏡子。你可以看見這扇濾光玻璃的表面上反射出茫然的光，寂靜的街道流淌在玻璃門上，你會覺得看不透裡頭是什麼樣子。假如警察走過，他們只會看見自己的制服和警徽映照在上面，而這真是既如實又迷惑。人們根本就不會想要看穿這些如鏡的門，在門後有一面又寬又大的鏡子，以及幾張空空的椅子。理髮室內總是擺放著多餘的空椅子。她把這個地方隱藏得很好。當然這很普通也很平常。在住宅區裡，由於豔陽耀眼，很多房子的窗口也都是這個樣子。只要我們把門推開，就可以聽見模糊的誦經聲從隔壁巷子的葬禮嗡嗡地傳過來，那裡給死人的祈禱未曾停頓過。我想是有一臺播音器在鮮花叢中一整天播放。

箱/子

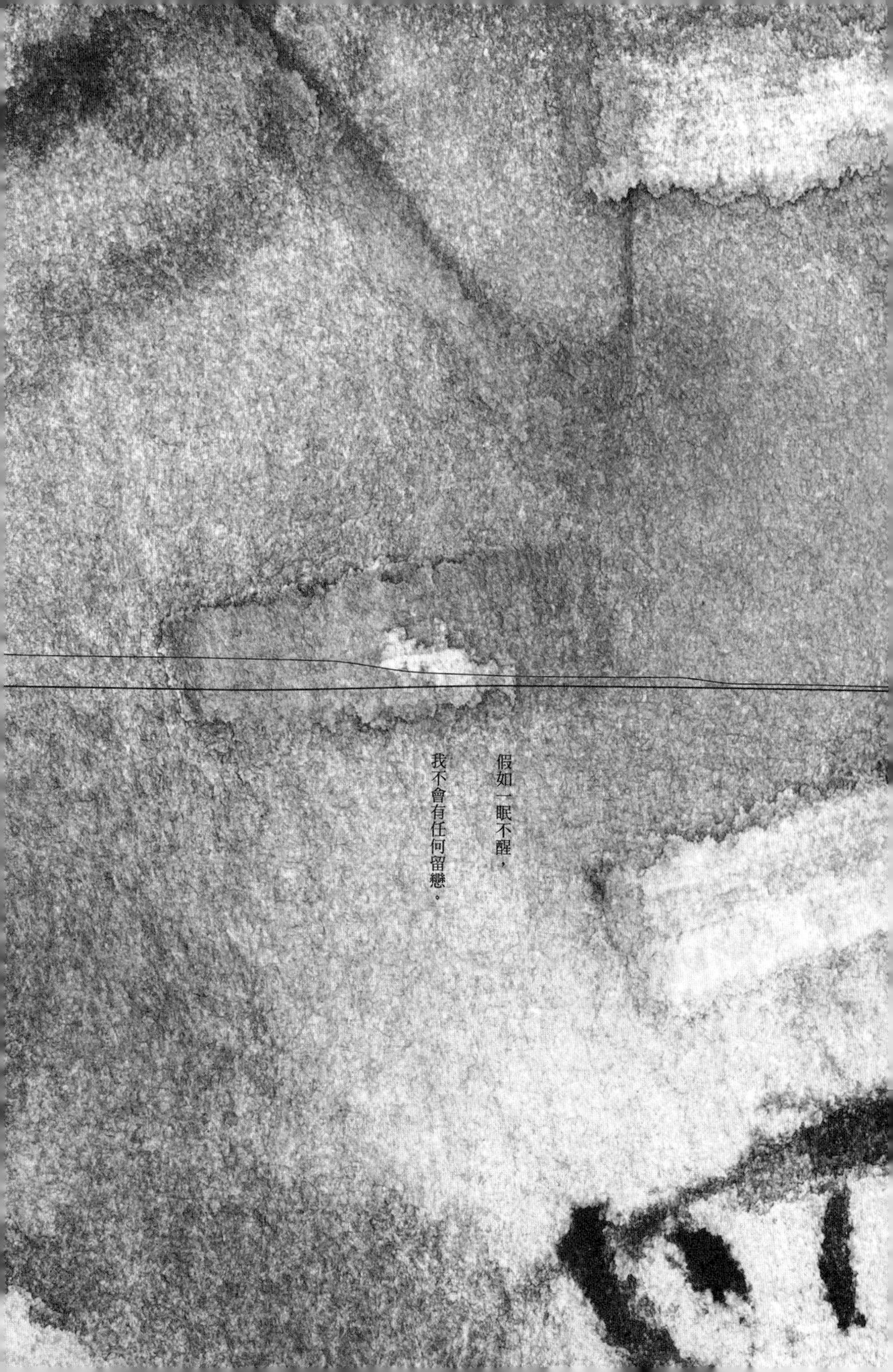

假如一眠不醒，

我不會有任何留戀。

安雅彎下腰來，拉開縫紉機旁邊那個矮櫥櫃的門。這個櫥櫃幾乎和她一樣老，透明的塑膠門泛起了點點黃斑。門框的滾軸由於累積了不少灰塵顆粒，推開時得分外使力。今天，她打算清理櫃子內那一堆雜物。裡頭有個木箱，箱裡原本裝著一臺老式唱機。大約還在九年前，那裡常轉著黑膠唱片，老歌常伴主人踩踏縫紉機的轆轆聲響。現在唱機已經不在了。一百多張黑膠唱片也和唱機一起賣掉了，隨著主人的離世一併成為過去。她使勁把那個木頭箱子往外拉，看見裡頭都是一些不知始自何年何月就堆積的零頭碎布，竟全無印象。箱口邊緣黏著一把蛛塵。當初不捨得送人。現在卻想把它拖出來丟了，好騰出空間擺兩大包塑膠拖鞋。

木頭箱子比她想像中來得重，或許因為得彎腰之故，不好使勁。她的米色褲子上下沾滿了灰色手指印。最近這兩年，安雅越發懶得清理屋子，她太忙了。櫥櫃之間和平時碰不到的角落結滿蛛網，店裡的貨物都蓋著一層薄薄的塵埃。進來的顧客甚少介意，他們也經常灰塵撲撲滿腳泥漿地走進來。安雅從沒為此煩過，塵埃、泥沙、蜘蛛、壁虎。它們總與生活同在。從前大胖手抓剪刀一揮，布料在櫃檯上攤開又捲起，就把塵埃都撣開了。現在只有她一人，那麼多的灰塵，掃也掃不走，不管了。

她從櫥櫃玻璃的倒影看見林木頭來了。每隔幾天，林木頭會帶一紮青菜進來。菜市場收檔以後，他就出現在這裡。這件事很一廂情願，安雅不記得自己什麼時候跟他預約過要留菜，不過，由於他每次帶來的菜都很新鮮，而且價錢便宜，她就要了。

她一邊跟他打招呼，一邊撐著那個木頭箱子，那箱子已經給拉出一半，和地板形成了個斜斜的角度。

平時林木頭把菜放在玻璃櫃上，拿了錢就走。今天，看見這情形就不能不幫忙。

「我來、我來，」大踏步過來，推開旁邊的縫紉機、賣鞋的櫃子和藤椅，然後張開腳伸長兩臂，想要從裡頭把那個骯髒的箱子弄出來。

安雅立刻讓開，那箱子就有一半懸在櫃子外，「我自己來可以了。」

「不用客氣，這箱子很重的。」

林木頭也很驚訝，這箱子比他想像中沉重許多，沒想到眼前這個殘舊的櫥櫃竟可以承受那麼重的箱子。半傾斜拖出來的木箱，僅靠林木頭的一邊腿撐著，看來很是岌岌可危，安雅立刻移向左邊，扛起此刻沉下去的那一端。兩人累得滿頭大汗，才把那個箱子弄出來，小心翼翼擺在地上。

「裡面是啥咪啊，」林木頭忍不住咕噥了一句。

她也弄不清楚自己到底放了什麼東西在裡頭，乍看都是碎布。牛仔褲布、西裝料、絨布、棉布、人造纖維料子，一翻動就揚起灰塵。林木頭不禁打了噴嚏。

安雅走到錢櫃後面掏錢。

「一塊半。」林木頭說。

安雅遞給他兩個硬幣。他拿了錢，忍不住說：「妳力氣也挺大的。」

林木頭在玻璃櫃子後面的椅子上歇息一會，晨光透過簾隙，一線線地亮，一陣微風吹來甚是舒服，麻雀在屋簷下啁啾。靠近河邊，有一棵芒果樹。一些花。一些菜。鎮上無甚地方可去。他並不認識以前這家店鋪的主人。他開始騎著摩哆到這裡賣菜時，大胖已經去世好幾年了。如果這男人有在，他們也許會聊上幾句。安雅專注地收拾那堆垃圾，並沒開口說話。一會兒林木頭看到鄰居的太太走出來，好奇地探頭窺腦，就起身離開了。

木頭箱子原來有個蓋子，不曉得丟到哪裡去了。從前在那蓋子上，曾經擺放唱機，唱盤上有支唱針自外往內移。就算錄音帶流行以後，大胖依然每天保持聽唱片的習慣，以及享受地做著一些小動作，比如拿一塊絲絨布細心揩唱片表面，仔細察看唱片上的紋路，才收進封套裡。他的唱片累積了百多張，佔據三個抽屜和一個櫥櫃。安雅記得他所有的老習慣。結褵卅載，他倆的改變似鉅又微。從婚前就開始使用的縫紉機、櫥櫃、唱機、擋日光的竹簾和屋內的老傢俱，這間屋子在將近半個世紀的歲月裡改變甚少。若說有什麼大改變，那就是大胖死了，她變成一個寡婦。這老房子變成她的家。

木頭箱子擺在那裡，一整天安雅都不再去攪弄它，顧客來來往往，有些小孩好奇地探頭看進那箱子裡。有的小孩想把頭埋進舊布料裡，被大人喝止。一些顧客想找地方坐下來試鞋子，覺得那箱子礙事，索性和她一起把木箱推到鞋架後邊去。端張矮凳子過來，木頭箱子成了靠背，沒有人介意它髒兮兮的。

「頭家，今天帶的錢不夠，剛好只有十五塊。」

安雅看看鞋盒子上自己手寫的兩個字：「同合」，同、合、華、平、安、大、小、長、雙、打，十個家傳密碼，標明進貨的原價，這密碼由她家公家婆那裡傳下來，大胖又教給她和孩子，外人不會懂得箇中祕密。「同合」意味著本錢是十二元。現在這意思只有她懂，她的孩子、大胖的兄弟全都忘記了。

「呃，我也只賺一點罷了。下次錢帶夠了，再來。」

「不能賒帳嗎？」

安雅勉強點頭。「要記得還我喔。」她轉過身，在櫥櫃前掛著的白板上記帳。「不要告訴別人我讓你欠。」

對方滿意地微笑。離開前又好奇地問她：「妳後面煮什麼，怎麼那麼香？」

「我沒煮東西。」安雅說。

自從孩子離家以後，安雅就不再弄午飯了。她沒多長一雙眼睛看店。還在不久以前，大胖顧店，她在後頭煮飯，慢條斯理地弄，飯煲呼嚕呼嚕響，爆蒜蔥香瀰漫整間屋子。但現在她覺得最實際的做法應該是搭伙食。每月五十五塊，兩菜一肉的午餐飯格就送到面前，她可以一邊顧店一邊吃，顧客一來就把飯盒蓋起來推到報紙後面去。通常她只吃一半，另一半留到晚餐。假如肚子太餓，把午餐吃光了，晚上才另煮菜燒飯。

箱子發出一種非常陳舊的、彷彿雨後鐵釘散發的鏽味，但聞久了又若乾草般清香。若有若無地蕩漾在店中央，安雅覺得那種味道有點讓人上癮，讓人不由自主地去嗅它。有些顧客體味濃烈，甚至淹過了那股莫名的味道。有個年輕人來買煙，香煙是一支支地散賣。他跟安雅借了打火機，呼出濃濃的一口，濃烈的萬寶路立刻繚繞整間店鋪，他陸陸續續買了鞋帶、襪子和一張包裹禮物用的花紙。安雅包紮貨物時，看見他斜倚木箱，漫不經心地把煙蒂彈在地上。

安雅有些麻木地看著，她還不知該怎麼解決那箱東西。她想，應該要快手快腳處理它。可是等到沒人時，她又覺得自己應該去上廁所。

一個人看店就有這種麻煩，她經常長時間憋著。為了減少上廁所的次數，甚至也減少喝水，導致便祕。後來女兒警告她喝水不足會患上腎結石。但她每逢離開店面到屋後喝水、按電流開關開盞燈或風扇什麼的，都會覺得不安，害怕有小偷乘她不在時進來偷東西。有一回她的女兒順手把手機擱在屋裡中堂的祖先神檯上，隔一陣子想用時，才發現手機不見了。

她上個廁所回來，又嗅到空氣裡那陣乾草香般的味道，像蛇一樣盤繞店裡。她靠著木頭箱子坐在小凳上，越近就越薰人。她吸著，覺得滿腔芳香，渾身舒服。她唏噓不已，恍惚間似見大胖晃過眼前，但臉孔朦朧。他對她說話，卻聽不明白。她焦急起來，想說，大聲點，我看不到你。可是這話哽在喉嚨裡怎樣也吐不出來。

「喂，頭家，」一個馬來小孩叫醒了她。

傍晚六點鐘，她撐起兩扇厚重的木門。這種木門，別人家都不再用了，人家的門都是輕巧拉動的鋁門配上鐵花窗，她也希望能換上鐵花門，要上廁所、要睡午覺或沖涼，把門一拉就行了，哪像這種木板門。這木門從她家公那時沿用至今，大家都說，她家的門是整個鎮上最老的老古董。家裡有一張家婆和家公的合照，相片中的家婆才二十歲，她穿著唐山裝，家公卻西裝筆挺，面目清俊，很難相信那樣的一個人後來會猛吸鴉片。在他倆背後，就是一塊塊嵌得筆直的木板門。想來老人家當年從中國南來之後，輾轉落腳在親戚家裡時，這門老早就在了。

安雅小心翼翼地把木門插進門檻的縫裡，弄完以後，她揮一揮手臂，覺得還真的有點抬不起來。連原來住得最久的家婆都不想再扛這門了。她每天早上把這兩扇木門從門臼上扛起來，搬到兩側靠牆拴牢，晚上關店時又把它搬進門檻裡整齊地排列。大胖走後，安雅就獨自扛這兩扇門，這木門厚厚實實的，也不知有多重。她覺得自己的力氣不小，年輕的女兒們沒有一個可以把這門扛得起來。

應該要打掃了，安雅想，不然她回來沒地方坐。但是，好疲倦啊。安雅就只能那樣子坐著，看著斜陽穿過門前的樹木慢慢在石子路上巡移。一整天賣東西、點貨、補貨、記帳，已夠累了。由於不必再負擔孩子，錢的周轉要比從前寬鬆，所以她反而比大胖在世時添加更多貨物，越來越多貨物從店面湧向屋子後方的飯廳和廚房，佔據那些無人坐的沙發座位。貨物淹沒了大部分空間，她每天只需要打掃一小塊地方就夠了，剩下的就留給老鼠和蟑螂。

二女兒回來了。白色的車子泊在門前，提著大包小包跨出車外，「我買了馬蹄酥給妳哦。」她說。

她一進屋就打噴嚏。「什麼味道？」她一邊問一邊把行李扔下。關上門以後，那種乾草一樣的味道就更濃了。老二的鼻子不算靈敏，但一下子就轉到店面去，而且發現味道的來源，哇哇怪叫起來：「幾時冒出這老古董？不是早丟了嗎？」

安雅沒有聽到這句話。她在後頭下廚煮晚餐。老二盛了一桶水開始抹檯面。安雅出來喚她吃飯，看見店裡地面上濕漉漉的一片。她蹲在那個木頭箱子前，挖出箱底一塊塊黑麻麻之物，嗅了嗅，疑惑地問：「這什麼渣呀？」

安雅看了老半天，「唔知。」

「我還以為家裡沒有這種箱子了呢。看起來挺好的……」

安雅說：「妳要就拿去吧。」

老二卻很疑惑，「可是，妳不是以前就賣給那些收舊貨的印度人啦？」

安雅不記得自己什麼時候曾經把它扔掉過，人老了，自然有很多事情就記不住，可是嘴巴還是說：「妳又不在家，厝裡的事妳知多少？」

稍後兩人沉默地吃飯，只有電視連續劇在響。桌上都是林木頭今早帶來的蔬菜，紅蘿蔔和青菜花。她花了心思把蘿蔔切成花片。兩人偶爾看一下電視。廣告時段。她們有一搭沒一搭地聊。老二問的東西，她不感興趣。她問的問題，老二又不怎麼想答。

「妳吃菜很少。」老二問。

「老了就吃很少。」安雅答。

好一會兒，安雅問：「妳做工是不是都講英語？」

「是。」老二答。

「老叫什麼？」安雅問。

「叫噢——」老二答。

「ヌ——爾——！」安雅拉長了聲調。

老二繼續扒飯看電視。

「怎麼跟條老狗一樣。」安雅說。

那天晚上，聽著老二躺在床上均勻的鼻息，她卻輾轉反側難以成眠。凌晨三點，她起身小便，聽見店鋪前頭有聲音。她傾聽半晌，聽起來像是老鼠磨牙，怕老鼠啃她的貨物，就提了手電筒走到店鋪前頭去。

黑暗中，什麼都看不清楚。溫熱的空氣裡飄著一股香味，該死，這味道會不會引來老鼠？手電筒光不夠亮，她沿著櫃檯、一排鞋子、塑膠鞋、一堆箱子探照下去，一切並無異樣，直到她看見了木頭箱子。一瞬間，她的意識似乎還沉睡在昨天、前天，奇怪地想，怎麼家裡這東西還在？黃光繼續晃了晃，照向大門，大門關得緊緊的，黃色的一團光又掠過水泥地，看見了地上的裂縫，那裡藏的塵垢永遠掃不乾淨，小孩子卻喜歡伸手挖，彷彿裡面有寶藏。她皺一皺鼻子，嗅到那陣香味像蛇一樣舒展開來。電光火石間，她忽然懂得女兒看見這東西的驚詫感，這箱子確實早該丟了呀。回憶剎那間甦醒，她打個寒噤，轉身回到臥室躺下，拉上被窩。

她再也睡不著，慢慢地卻覺悲從中來，眼淚泛出眼眶。她不斷在心裡跟自己重複地說，我不要一個人，命再長也無甚樂趣。夜晚木板很涼。她知道這聲音不會收到任何回應。她不願意跟女婿們住，她覺得女兒們的婚姻已經夠多問題，她不要再為她們添多一個。孤獨非常可怕，像冥冥中註定，未來看不出有什麼轉機。黑暗中，她覺得力氣萎縮，現實極不如意，人生就是苦海無邊。她想，假如一眠不醒，我不會有任何留戀。她直到接近天亮時分才迷迷糊糊沉入夢鄉。

安雅被老二的叫聲驚醒，看見房裡一片陽光燦爛。她迅速爬起來，被女兒的叫聲嚇得心驚肉跳。快步下樓，跨過地上東一堆、西一團的貨物，急急忙忙走到店鋪去，看見女兒已經打開大門，呆呆地看著門匾上方的鐵花通風口。那裡已經被人剪開了一個大洞。

她跟女兒說起晚上的事。顯然昨晚來行劫的是個無膽匪類，被她的手電筒探照的光線嚇走。

其實很危險。老二說。

既然沒有損失，警察的態度就輕鬆了許多。「都沒有損失嘛，」說這句話的警察身高體壯，聲音洪亮，「沒有東西不見，也沒有人受傷，我們還能做什麼？」

他們的個子很大，使店鋪顯得很小。那個木頭箱子卡在店裡，使他們能走動的地方更窄。其中一個叼著煙，站在門檻前自在地吞雲吐霧，眼睛一邊盯著箱裡的鞋子，有只落單的拖鞋掉在裡頭。他們都沒穿制服，穿著家居的格子襯衫，寬鬆的衣服使他們看起來更魁梧。安雅從店內往外看，看見他們的身體背光，投射的陰影十分巨大，不時聳動著如大猩猩般圓厚的肩膀。

安雅聽了他們的話，覺得很不高興，但沒說什麼。

「妳們已經非常幸運，」沒有抽煙的那個說。

「沒有東西被打爛，他也沒有進來，」警察說，「呃，附近的甘榜①，小偷連戶外水龍頭

①Kampung，馬來文的「鄉村」之意。

的水錶都要偷，那種東西值七、八十塊，已經偷了很多家，怎樣查？最好值錢的東西不要放外面。」

他們在大門外踱步徘徊，然後又走進店裡，抬頭看看那個被剪開的大洞。其中一個丟掉煙蒂，伸腳在地上踩熄。他扠著腰，看了老半天，搔著下巴，喃喃地說：「不賴嘛，連這樣厚的鐵花都被絞斷，哼。」

他皺了皺鼻子，嗅到了一股使他很敏感的味道。他轉頭問她：「嗯，什麼東西呀？」另一個也發現了，像狗那樣聳著鼻子。他們走進店裡，起初興奮地東嗅西嗅，後來味道又漸漸淡了，有一陣風吹了過來。其中一個問另一個：「這是什麼？」

安雅心裡煩起來，真討厭，有點後悔，根本不應該叫他們的，這些混蛋什麼都解決不了，淨會找麻煩。她怪自己整晚滿腦子都在想一些不實際的事，想得整個人迷糊了。正不知道該怎麼回答時，卻聽見老二說：「我們家的冰箱壞了。」

那個警察似乎很懷疑：「是嗎？」沒等回應就逕自走進廚房。安雅覺得一顆心在胸膛前亂躥，視線無法離開木箱子。她知道不該看那裡，可是越是這樣想就越無法調開視線。一會兒，那個警察就出來了，他對安雅笑著搖頭：「頭家，冰箱不冷囉，菜都壞了，收太久不好吃啊。」

她一寬心，鎮定了點。有些週末，孩子們沒回來，她就不舉炊。林木頭挑來的菜在冰櫃裡越囤越多，連她自己也忘記了，冰箱裡都是這些凍得乾癟癟的番茄蘿蔔、白菜豆腐，擠得滿滿的。

「那就給你一些，你要不要？」安雅說。

兩個警察覺得自己的工作做完了，就輕鬆地走了出去。其中一個還跟她說：「其實，沒有嚴重的事，也不一定要報警。下次，自己看看吧，假如損失沒有超過五百元，那就算了。」

安雅目送他們過馬路，消失在對街的另一端。兩母女立刻動手把木頭箱子搬進廚房。過程很辛苦，安雅得先把所有擋路的貨物攞去一邊，空出一條通道好讓她們半扛半拖著走。

「我昨晚才想起來，」安雅說，「這個東西為什麼那麼重。這不是妳爸裝唱機的那個，是妳阿奶留下的。」

「我們家有兩個嗎？」老二驚訝地問。她捧著頭，像舒了一口氣似的說：「我還以為妳上次丟掉了，卻又不捨得，又偷偷去找它回來。」

「我哪會這麼做？這屋子的東西多得要命。」

「妳常常都是這樣，什麼都不捨得丟。妳就這樣甘願住垃圾屋！」

「亂講。」安雅生起氣來，「妳真囉唆。」

「我們家都是垃圾！」

「不爽就不用回來！」

女兒不再出聲。

這箱子的材質確實不壞。「如果是妳阿奶，就會劈了當柴燒……」

「家裡整天跑出這些東西……」女兒說。

屋裡住過那麼多死人。

安雅敲了敲箱底內層的木板，那聲音中空。木板釘得異常牢固，她覺得應該要找一把鐵鎚來撬開那些釘子。她在廚房裡走來走去，一邊走，一邊還得撥開晾在鐵絲上的毛巾和抹布。一拉開抽屜，蟑螂和壁虎就從暗處鑽出來，四處亂竄。

別人家的廚房不像她家塞那麼多櫥櫃。這些老傢俱都是大胖以前的叔叔伯伯親手做的。假如把店裡擺貨物用的大型櫥櫃撇開不算，其他那些小凳子、燙衣服用的大長桌櫃、拜祖先的神檯，少說都五、六十年以上了。那些木頭又老又硬，非常堅固，磨得發亮，搬起來就和她早晚得扛的木門一樣重。

「古早有賣掉一個，頂拜拆妳阿奶的床時挖出來的。不知安怎搬到頭前去了……我糊塗了。到底是哪個呢都忘記了，我把它想成是妳老爸放唱機的那個。」

她終於從一個抽屜裡找到斧頭，警告女兒：「妳閃開一點。」

她們就開始拆箱子了。

牆

毛茸茸的斑紋貓，

貼著她的心口好像是自己養的寂寞。

我爸爸現在正瘋狂地尋找隔壁的安娣，你不要以為他愛上了她。可是這事情你大概不會相信。反正小孩說的話很多人都不信，你不信的話我也不會意外。這一切都要從隔音牆開始說起。

當發展商說他們要蓋隔音牆的時候，大家都說這是好事。因為這些年來高速大道不斷擴建，越來越靠近屋子，以前高速大道距離屋子有整六十米，可現在竟然近得只要一打開後門，就幾乎要被疾馳而來的汽車撞爛。

一天早上，一個七歲的女孩就在她家後門被車撞死了。發展商當天半夜開始在大道邊築牆。正確地說，他們其實是在砌牆。這是隔壁的安娣說的。她從樓上的窗口望出去，看見工人在馬路邊打上一層水泥，就這樣疊上磚塊，最後塗上水泥和灰水就成了。他們根本沒打地基呢。她下樓的時候就這樣跟丈夫說。丈夫正在看足球賽，當球射進龍門時，他模仿南美洲播報員的喝采聲興奮地喊叫起來，因此沒聽見妻子說的話。

妻子並不意外，便又繼續看馬路邊的工人砌牆。她覺得砌牆的人看起來都很瘦，個個都有氣無力的樣子。他們砌的牆看起來很厚，似乎可以藏起一個瘦子。隔音牆越砌越高，最後就遮住了她的視線。她在牆壁高過一樓時就入睡了。

第二天早上，這排屋子的住客都發現屋後的牆砌好了。這道隔音牆擋住了陽光，使樓下的廚房和後院都變暗了。但是比起那個橫遭車禍七歲女孩的死亡，他們覺得光線黯淡倒是小事。遺憾的是後門被堵住了，如今後門可張開的寬度只比一個大人的腳板長一點。這是可以容納一隻小貓或小狗出入的寬度，但要讓一個人出入就很勉強了。

隔壁的安娣感到很不滿意。這不就等於沒有後門了嗎？沒有後門就沒有了退路。她的丈夫也同意這點，就像一個人有嘴巴而無肛門一樣。他說。但也漸漸習慣了。沒有任何事物是不能習慣的。何況這又不是多痛苦的事，誰也不比那女孩的父母痛苦。那意外發生之後的第二天早上，他們就看見一具小棺材從那家人的籬笆門內扛走。幾天後，那個母親在門前點了火，就在一個鐵皮桶裡，把那女孩留下的衣服和書包都燒掉了。白濁的煙裡盡是塑膠燃燒的臭味，瀰漫了整條街。

她不記得他何時走出戶外過。他只看螢幕上的足球場。窗戶的光線暗下來。他們盡可能舒適地生活。

安娣膝下無兒女，她大部分的時間都待在廚房裡。她只要把廚房的門閉上了就聽不到電視聲浪。高速公路的車子呼嘯而過，那噪音把廚房的空間給填得滿滿的。隔音牆蓋好之後，車聲彷彿被膠囊包裹起來，聽起來像是一個人把哼聲悶在胸口裡。一段日子之後她習慣了，一切不好也不壞。

隔音牆蓋起來之後，她做的事也有點不一樣了。隔音牆擋住了光線，使她覺得在廚房裡讀報眼睛也很累。她的注意力轉移到廚房後面一塊小小的像廁所那麼大的空地上。第一週她種了仙人掌，後來又種了黛粉葉、君子蘭、非洲菊和大丁草，把那塊小空地填得密密實實。假如你有機會踏進庭院裡，你也許會覺得詫異，那麼窄的一小塊泥地，肥大的葉子貼著地面蔓延，幾乎連人立足的地方都沒有。似乎正是因為隔音牆帶來半陰的環境，土壤濕潤使這些植物很茂盛。她又養了一缸金魚。

丈夫很少進來廚房，他不知道她還養了一隻貓。他以前患過膈膜炎，害怕貓狗的毛髮。這貓是在隔音牆建好的第一天溜進來的。當時她嘗試推開後門，一隻斑紋貓就從那窄窄的開口鑽進來。她猜想這隻貓也許是這排屋子哪一戶人家養的，被她開著的門堵著了去路而只好闖進來。貓一進來就毫不猶疑地跳上椅子，還會走到院子裡大小便。她就捨不得讓牠走了。毛茸茸的斑紋貓，貼著她的心口好像是自己養的寂寞，她抱著牠就不禁憐惜起來。

可是為了金魚，她還是把貓關在庭院裡了。不讓牠進屋子，但也不讓牠離開。貓常在庭院裡睡覺，醒了就在那裡繞圈兒踱步，餓的時候就倚著後門咪嗚咪嗚地叫。她小心地餵貓，不讓牠太飽。牠餓了便特別需要她。她感覺到自己和貓之間像有一條隱形的繩子，牠餓時那繩子就繃緊起來。她本來還真想找根繩子綁著牠，後來又想只要注意把門關緊就行了。

一天早上她出去買菜，丈夫不知怎地走進廚房，打開了對著後巷、後院和廚房的三道門，然後就坐在客廳裡舒舒服服地看報紙。妻子回來時發現魚缸打破了，地上都是水。可是丈夫還是沒事人一樣悠哉悠閒地坐在客廳裡。

魚缸怎麼破了？

丈夫抬起頭來看她，沒說話。

貓呢？

丈夫聳了聳肩。妻子瞪著他，看著他的眼神，那種一副事不關己的模樣，她心裡就有一團火。這火並不把人燒暖，而是把她的心一寸一寸凍成冰。所以她的語氣比他還要冷，你舌頭給貓吃了嗎？

妳說什麼呢？愛養就養，又幹嘛問我呢？丈夫說完了就繼續看報紙，從國際新聞翻到體育新聞。巴西勝了，他高興地說。他熱情的目光和語氣並不投注在她身上，在她丈夫的面前彷彿有另一群隱形的聽眾，那才是激起他熱情的對象。

她轉身回去廚房裡，慢慢地洗蘿蔔切菜。她慢條斯理地把豬骨和一大堆藥材都丟進鍋裡熬湯。做完了這一切之後就靠著桌子坐下來。她覺得自己應該好好地想一想，除了想之外，別的什麼都不必做。下午她弄了一盤魚和飯放在後巷，把門打開，她就這樣任門開著，反正只有比一隻腳掌略長的寬度，人也進不來。她等了一天，貓還沒有回來。她側耳傾聽，也沒有聽見貓的叫聲。

隔了數天以後，她似乎又聽見貓咪嗚咪嗚的叫，好像沒吃飽。她坐在廚房裡，卻無法分辨聲音的來源和方向。有一陣子，她懷疑貓就在庭院裡，貓的聲音似乎就從那叢茂密的黛粉葉和君子蘭中傳出來。但她坐在廚房裡，任後窗和通向後巷的門打開許久，始終沒見貓的影子。

她把門關上了。

某一天，她丈夫走進廚房看見她，他感到自己彷彿已經很久沒見到她了。他怔怔地看著她，好一會兒才說：妳變瘦了。她沒反應，他就走到後門去。他原本想打開後門讓空氣流通，卻在開門的一剎那皺起眉頭：什麼味道，臭死了，有死老鼠嗎？他就砰的一聲，大力地把門關上了。

丈夫離開後，她仔細地看了看自己，才發現自己真的瘦了，她走到後門處，發現自己瘦得幾乎可以從那只比腳掌略長的門縫擠出去。她想這也不錯，只要再過幾天，她就可以從後門出去了。

幾天以後，她就從後門那裡出來了。她走在寬度只有半尺略多一點的後巷裡，覺得新鮮暢快。把耳朵貼在牆壁上，感到整幅牆壁被高速飛馳的汽車震撼，搖晃如海潮拍岸，幾千幾萬輛汽車在牆壁的另一邊呼嘯而過，引擎和車輪摩擦馬路發出的聲波，彷彿就貼著這道隔音牆滾過，就像血液在體內喧譁湧流。她把薄如紙的手掌貼在牆上，感到那震盪從牆壁的另一端傳過來，拍擊手上的無數血管。她把另一隻手掌也貼在牆壁上，感到十根手指震顫如枯萎的黛粉葉。她緩緩地把身體靠在牆上，把兩隻瘦腿也貼上去，覺得全身顫抖得像一支被喇叭轟炸的天鵝絨竹竿。

她離開牆壁，繼續往前走。她抬頭看見天空，天空是不明朗的灰色。她低頭看看地上，一片觸目驚心的凌亂。她沒想到這巷子竟會在這短短的日子裡就累積這麼多的垃圾。她看到裡頭有保麗龍飯盒雞或魚的骨頭雞蛋殼白飯麵包黏成一團的菜餚鐵釘衣服書包鉛筆盒皮包磚塊鏟子卡帶光碟碟子湯匙花盆玻璃瓶子枕頭鞋子輪胎雜誌報紙蒼蠅。她忍不住想像一隻貓是如何鑽過這些垃圾的。面對這些垃圾，她開始覺得這裡像個無人管理的墳場，四周橫七豎八攤著腐爛的屍體。她想，她丈夫嗅到的臭味就是從這裡飄出來的。

她踩過這些腐爛的垃圾，覺得自己的身體很輕，連保麗龍盒子也踩不爛。她特別注意輪胎裡面，覺得那裡可能藏著貓。她的身體很薄，必須慢慢地彎腰繞過輪胎，她怕折斷了哪根骨頭，她擔心自己的骨頭或許變得太脆太薄。這身體還是得靠這副骨頭來支撐。這架構變得岌岌可危，她意識到這危險就藏在體內深處。

她不再和丈夫同房睡覺。她在廚房裡鋪了一張薄薄的床褥。薄薄的人應該睡薄薄的床。太厚而軟的床褥使她難以撐起身體。但是正因為身體這麼薄了，她比以前更清楚身體每一部分的感覺，胸前感到的冷熱很快就傳到背後去了，無論什麼感覺都能迅速傳遍全身。再也沒有任何一個感覺是屬於局部的。一切感受比以前更透徹，也更敏銳。她覺得這樣也不錯。

她繼續找貓，但她發覺自己的記憶蒸發得很快，漸漸的越來越不肯定，那隻貓額頭上的花紋是四劃呢還是三劃？貓尾巴的末端是黑色還是土黃色？有時她甚至懷疑，貓失蹤的那天早上她真的已經出門去了嗎？到底是先養貓還是先養魚？到底是貓先來了還是先有隔音牆？缸裡本來就有金魚嗎？有多少隻金魚？細節她都想不起來了。但是，當回憶漸漸模糊時，她覺得自己變得沒有那麼難過，她甚至覺得自己真正地輕鬆起來了，說真的，這樣也沒有什麼不好。

這天她像貓一樣走進我們家了。我媽打開後門時，那扇門堵著了這女人的路。我媽本來正拖著一包垃圾打算往後巷裡拋，隔壁的安娣卻緩緩踏步走進來了。我和弟弟睜大了眼睛看著她如此輕鬆地鑽進廚房裡。我們從來沒有看過有人瘦成這地步。我說不出來這個女人到底有多瘦，她簡直就像個可以被夾進書裡、藏在學校的抽屜裡把玩的紙娃娃，除開她和我們一樣高，而且她不漂亮。娃娃們都是金髮碧眼的年輕女孩，她則又老又醜，臉上滿是皺紋。

她的眼睛在後院溜一圈就走進廚房。她看見我和弟弟在廚房裡玩堆火車頭的遊戲，就跟媽媽說，家裡有這麼可愛的小孩真是太好了。她雖然這麼說，卻站得遠遠的，並不走近來，彷彿怕我們把她拗斷。當她說話時，我們可以看見空氣如何神奇地通過喉嚨，使聲帶像弦那樣振動。媽媽和她聊天，關心地問她為何變得那麼瘦。她回答說，到底幾時變成這樣，連自己也不太清楚。大概是為了找一隻貓吧。她說她記得自己很愛那隻貓，卻很遺憾不記得那隻貓的顏色了。

爸爸從醫院回來時，她們還在聊天。爸爸看到隔壁安娣的模樣時，嘴巴張得大大的，幾乎合不上來。他把安娣帶進自己的書房裡，幫她量血壓、聽心跳。爸爸說，不論從背後還是胸前聽診都一樣清楚，甚至隔著衣服都看得到她的心臟在跳動，真是太不可思議了。他說，造物主太神奇了。

安娣後來又來了我們家幾次，每次都告訴我們不同的事情。她說起她種的植物，說起那些植物底下的蛛網和巨大蜘蛛。她說她最近也種了豬籠草。她還說，後面那塊土地很潮濕，豬籠草結的籠子大得連人都能吞進去。她來的時候，我和弟弟就掩鼻子。她身上有股死老鼠的味道。我的媽媽和爸爸竭力忍著，她一走他們就開始作嘔。爸爸極力拉攏她到醫院去接受檢查，但是安娣的興趣不大，她說：我覺得現在就已經很好了，反正也活得太久了。聽到這話，爸爸皺眉了，有一次，我聽到他對媽媽咕噥著抱怨，遲早要裝個攝錄機在安娣家不可。她這樣到底怎麼生活，像這樣的人生活是個祕密。

我們不知道他的計劃有沒有成功，後來的發展實在太意外了。我們一點準備都沒有。一天晚上，一輛大卡車撞毀了那道隔音牆。牆壁轟然倒下，我們在樓上睡覺，覺得床和整棟房子都在搖晃不止。從樓上的窗口望下去，隔音牆倒塌了。磚塊如小山般淹沒我們家的後院，連廚房都塌了一半。爸爸怕屋子還會塌，便叫我們到外婆家過夜。我們離開時，看見發展商派來的工人抵達了。我們在外婆家只過了一夜，因為第二天下午，爸爸就讓我們回來了。我們看見整排屋子的後院和一部分廚房都沒了，也沒看見隔音牆，一點殘瓦灰礫都無，他們一個晚上就收拾得乾乾淨淨的。高速公路的車水馬龍再度呈現眼前。有一隻流浪狗在這條狹窄的道上跑。我們想像不到安娣說的後巷有多骯髒，也找不到安娣的豬籠草。我想我們永遠不會再見到那種景象。

安娣失蹤了。

流浪狗挖出那團東西時，已經是好幾個月以後的一個傍晚。這隻老黃狗的前爪一邊扒泥土，一邊興奮地吠叫。起初我們辨認不出那團毛茸茸的東西到底是什麼，它爬滿蛆蟲。看見土黃與黑色相間的斑紋皮毛時，我們驚叫起來，貓，安娣的死貓！我們的叫聲引來一個老人從樓上觀望，他也看見了那噁心的東西。他跑下來看，啊地一聲，彷彿才剛想起來似的說：原來是在這裡。這裡原本有豬籠草呢。

他伏低身體，把長滿黑斑的臉孔湊近我們。一縷蛛塵黏在他的衣領上。他說：豬籠草會吞人的，連安娣都被它吃掉了，你們怕不怕？

我們神神祕祕地回來，什麼也沒說。我們認為安娣被她種的豬籠草吞掉了。然而這難說得很。安娣在我們的夢中出現時，薄得像蛾翼。她堅持自己還沒死。我們就說，妳丈夫說妳已經死啦！她嗤之以鼻。

她的膚色灰得跟牆壁一樣，一會兒冉冉地融進牆裡，彷彿四周圍的暗灰是她的保護色。

後來，我們終於夢見安娣被豬籠草吞掉了。

就再也沒夢見過安娣。

湖／面／如／鏡

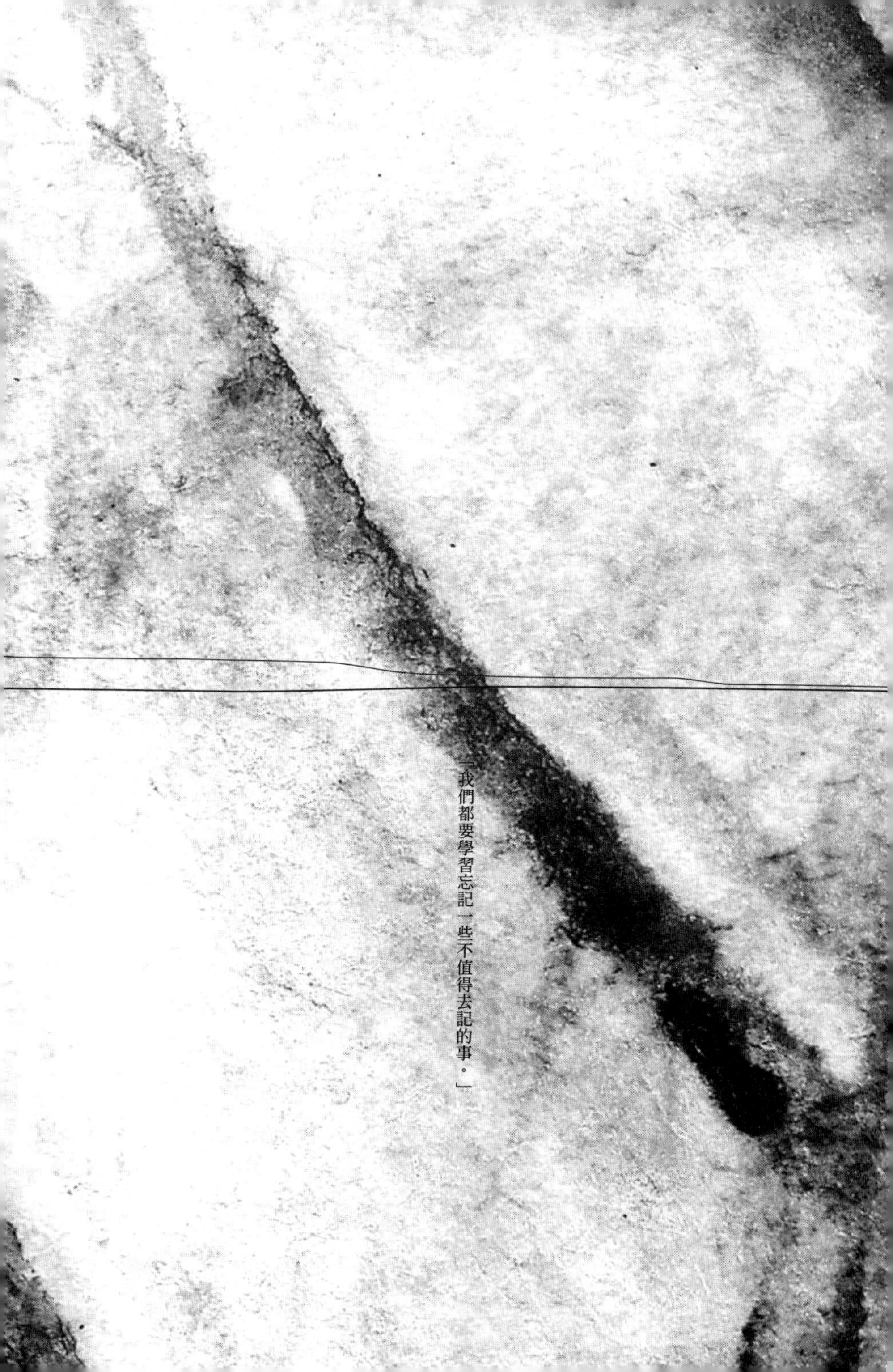

「我們都要學習忘記一些不值得去記的事。」

她差點翻車或撞進湖裡。就在傍晚那奇妙的時刻，那頭鹿快而無聲，出現在車道上。她不由得驚呆了。有一瞬間亟欲飛奔，竟想不顧一切，掙脫地心吸力而去。

這些年來，當她看著學生們伏在桌上沙沙書寫時，腦中就浮起野生探索頻道的畫面，一群看似溫馴的麋鹿互相依偎聚在草上。她從來不知道牠如何生長，如何繁殖，但自從電視上看過，就經常想起。想像牠有栗色的外皮，彼此親愛，性情警覺，從不出聲，至少人類聽不見，喜歡嚼某種葉子，也許亦無可避免長了跳蚤，畢竟所有動物都有。也許這些想像全都不對，全都錯了。沒有一個符合現實，生物這科從來就不是她的強項。

沒有任何人犯規。除了從桌位昇起的低低絮語，偶爾也吵得像海濤，或菜市場。有時一個問題就使全班沉默。有時一把躍躍欲試的聲音敲破死寂。

「我不相信事情有主人公講的這麼糟。」

「為什麼？」

「敘述者太過沉醉訴說自己的痛楚，像個過度誇張妄想的受害者。小說開頭就寫，『恐懼折磨我，使我幾乎快要發瘋。』所以從一開始就是瘋女人的自言自語。」

「可是小說的語調很冷靜。有什麼理由你非得認為這都是心理病的妄想呢？」

「可是，我倒是贊同，受害者。」另一把聲音又冒起：「也許成為受害者很有快感？受害者的故事是否比較容易說？」

「比較容易博得同情，」一個同學說。

於是班上冒起一陣笑聲，一陣嘆息，有人點頭，有人搖頭不同意。來一場短促的爭執。至於那些無法參與的，窸窣低語從桌椅間升起。她揚起手，輕輕一壓，彷彿指揮樂隊。

「為什麼要急著決定呢？難道小說對此有明確的答案嗎？難道這結尾不是開放的嗎？」她喜歡和他們說話。他們的發言在課室內此起彼落，像蟬忽東忽西上上下下地跳動。

「可是，說出真相有那麼困難嗎？小說非要這麼模稜兩可嗎？」

「所以我不喜歡什麼後設小說，」一個同學把書本都收拾好了抱在胸前趕著走，還回頭說一聲，「這太不好懂了。」

連嘆息與抱怨聽起來也像休止前的撥弦低鳴。

窗外可見一座電訊高塔。透過窗簾隙縫望出去，高塔顯得又遠又小，像一枚滑入視線的裝飾貼紙，煙霾濃時幾乎一無所見。但晚間在外環高速公路上開車飛馳時，遠遠看見它，發亮的頂端分外觸目，像一座移置到陸地的燈塔，遠離底下大片燈海，冷冷清清嵌在夜空一角。

我們都靠它來生活了，偶爾她會這麼想，真是不可思議。若沒有它，我們就會更加孤獨。但一座塔是不會瞭解它自己一天裡發出的千千萬萬個訊息的。

很長的一段時間，她一直小心避免職場上觸礁。年過卅五，在大學任職已經四年，但感覺還像剛學爬的嬰兒。說最多話時，便是在課堂上。偶爾也會揣想，年幼溫馴的麋鹿究竟如何領略她說的話呢。一天又過去了，今天又說了什麼？是否不夠小心，是否說了什麼使人誤解，是否這些話違背了真正的心意？打從第一天開始，就已經聽到這類出奇慎重的警告。

「他們很年輕，正在成為大人，但心裡仍是小孩，對許多事，不懂分辨是非，不知自己做的將引起什麼嚴重後果。所以教師說話，務必謹慎。」

她幾乎想笑，那話說得太嚴肅。但會議室裡沒有其他人覺得好笑。幾個講師合約到期了，不被續約。那天會議就報告了這件事。是報告，而不是討論，委員會已經做了決定。寥寥數語，念完句子循例有人附議。會議僅是例行公事，根本不會有人反對，事情也不會改變。

身邊的同事輕輕嘆息，一陣細小低語絮絮從座位昇起。她聽見，有個人側身來對她說，瞧，在這裡，別搞什麼問題，他說，像那個，像這個，被投訴、被解聘了……好像跟妳也是同屆？妳跟她熟不熟？

呃，我不確定，可能有見過面吧。她說。

在前方，主持會議的院長仍然語重心長。

「要尊重別人，不要去踩你踩不起的火線。你們要警醒，因為你們的學生，他們是非常敏感的，我們也非常非常地敏感。」

她垂下視線，翻一翻眼前的會議報告，最末一頁底下，印了一行政府公務部門的標語：為國家與民族奉獻。

她的父母親也是公務員，母親是小學教師，父親是小學校長。家裡時不時就出現一些新的杯子、毛巾、雨傘、鋼筆、文件夾，寫著同樣的字眼，是他們去參加假期培訓營之後帶回的紀念品。她以前不覺得這有什麼大不了。雨傘會壞，毛巾會發霉，杯子會打破。第一次，她覺得這句子悶在胸腔，又硬又實，像石頭。

「記得這一點：你們要比他們更敏感。」

我也是很敏感的，她想。這種像刺一樣的感覺，躲藏在額頭底下，隨時從唇邊穿出，足以扎破空氣中冒泡的笑聲與閒聊。唯一能做的就是小心繞過它，萬一不小心觸礁了，那還真不知該怎麼辦。經常停泊在陰涼的樹下，經常坐在車廂裡，坐在駕駛座上發呆。車窗搖下，世界便如海濤湧來。但此處內陸，平靜，無浪。風慢慢吹過停車場，吹皺了生物系養魚的池水。

她的記憶力很好，隨口就可吐出書名、年份與作家生平，在白板寫下長長的一串，用來唬人還挺管用。也許正是由於記憶太好了，那些聽來的事往往也得經過很長的時間，才能鬆開箝制的力量。

「我們都要學習忘記一些不值得去記的事，」她母親對她說。

她回答，「我現在只有一大堆東西必須記得。」

看著她母親殺魚。其實那魚早已死了，她對母親說，死魚不能再殺第二次。

「不要糾正我，」她母親用一把薄薄的刀子把魚腹剖開，把魚鰓和腸子拉出來。她記得小時候曾經問過母親，為什麼魚的眼睛不會閉上。當時母親說，正因為魚的眼睛總是睜得大大的，所以吃了才會變聰明。

「結果還不是任人魚肉。」

「去讀妳的書，做妳的正經事，」她母親說，「去，去忙妳的。」

她到陽臺那裡去陪她父親，他正抽煙，一邊眺望四周熟悉的風景，看見她來了，就滿意地看著她。在斜坡上有一間華文小學，那裡傳來斷斷續續的單簧管奏曲。母親常說，連麻雀都要比他們起勁。但她現在喜歡聽這些聲音。有時候學校的播報器會呼喚一兩人——黃偉興，過來。或者，葉韻欣，葉韻欣，妳在哪裡？——結果這地區裡每個人都聽過了他們的名字，知道這些人正被找尋、被叫喚。她可以想像那裡有某個老師抓著廣播器在小學生的隊伍前面叫喊，而那些華小學生也許都排著隊伍，規規矩矩，像小共產黨，以前，修道院的同學們都這麼說。她不認識他們。他們僅是飄揚在斜坡上的聲音，那聲音有時被附近的小孩尖叫或電視聲浪所淹沒。她不知道以前為何那麼抗拒，現在卻幻想那是比她目前所面對的，更為輕鬆、更為單純的工作。

「如果他們不聽話，就得好好教訓他們，」她父親說，鄭重地傳達經驗。「殺一儆百，絕不能手軟，絕不能嬉皮笑臉。」

在餐桌上，他們聊起親戚的近況，談起和她同齡的堂表兄弟姐妹，哪些有出息，哪些是混日子過，哪些是最沒希望的。

「連兄弟姐妹都不想見，」母親說，「以前還只是吊兒郎當，現在真正是爛泥一塊，也不知道做什麼到處都跟老闆吵架，哪裡都做不久。」

「這種人，老不長進，專門跟給他飯吃的人有仇。」父親說。

有些人她已經許久沒見了。聽他們談起，僅想起些微印象，像夢醒後的片段。她很奇怪，父母對她的無情善忘竟不驚異，因為有些人還曾是她小時的玩伴。她華小沒念完，就跟著父母調職轉去國小，中學念修道院女中，然後他們一家人就和那些人疏遠了。他們全都成為不一樣的人了。她很難想像他們竟都會變成這些挺著頭銜看起來成功的人，或者變成大家認為很有問題且失敗的人。

「怎麼知道他們的事呢？」她納悶地問，「誰告訴你們的？」

「反正就是有人會說。」

關於小時候的假期，她記得一件事，在外婆家，聚在岸邊和其他小孩一起看舅舅跳進水裡。那是又大又深的湖。那裡的人都撒網在魚排周圍養魚，一排排竹條緊縛，把湖面分成了一國一國。她的表弟和表妹對她說，他們的父親有本事潛在水裡修補魚網。他在腰間綁著一條粗繩就跳下去了。她問那些守在湖邊的大人們，問他們舅舅什麼時候才會上來。他們告訴她，只要再等一會兒。

她蹲在湖邊，看見有個人的頭顱從水中霍地出現，從湖中心泛起漣漪，圈圈疊纍著擴大開來直至沒入岸邊濕泥裡。她搞不清楚哪個先出現，是漣漪，還是人。

他們說，妳舅舅有很好的「斯塔咪納①」，要補魚網的破洞可不是簡單的事，因為他得屏住呼吸，在水中視物，找到破洞之後，還得在水裡一針一針地把破洞補起來，所以必須有足夠的「氣」長時間待在水裡。那個下午，耀眼的陽光曬得她頭暈目眩。她忘了舅舅到底浮上來幾次，每次他冒出來時，總是對著天空把嘴張得老大，好像要把天上的雲都吸進肺裡。

她問他們為什麼不把這張魚網拉上來，表哥說，這很難，因為這張網又大又重，他們已經在湖底用繩子與釘子固定了位置，若把魚網拉上來，只會扯出更多破洞，所以呢，這網動不得。

既然說得太多是危險的，她選擇少說話。且只限於解釋，必要的說明。唯獨對麋鹿們她竟比較輕鬆，她喜歡他們活潑，經驗不足，聰明機伶。喜歡他們對她表現的尊敬，也喜歡他們發問，喜歡看見他們對她服從。發現自己和他們一樣，喜歡悠閒，憎恨壓力。她發現，再也沒有比從他們身上更能看出自己的矛盾了。

問他們喜歡誰，他們說毛姆，瑞蒙卡佛，托爾金，哈利波特。沒有人提起托瑪斯曼，海明威、福克納，或者吳爾芙。問起原因，他們只是抿嘴訕笑。

「海明威的對白散散漫漫的，又不懂有什麼意思。」他們說。

「生詞太多，人物太多，關係太複雜了。」他們又說。

如果緘默的那些都不反光，而把那些響亮的提問、假設、推論、反駁都各自塗上不同顏色，此刻班上便是一塊色彩斑斕的毯子。不是不得意的，織這麼一張活潑潑的毯子。她不知道如果在其他地方，別人會否給她機會織這樣的毯子。有時她把聲音聽成一片森林，在聒噪的林裡有陰影佇立，各種生物躲在其間彼此呼喚。試圖引誘那些害羞的麋鹿露臉。當然首先必須容許牠們沉默聆聽。它們將不復美麗，如果樹林被統一成單一的顏色。

有時這片喧譁如此誘人，以致使她忘記那些當初自保的座右銘。起初她想自己只是風，隱形地，退後一步，指揮別人的演奏。班上的學生英語腔調各自不同。印裔學生與華裔學生最多。馬來學生最少，只有四個人，在班上靜得像影子，在他們當中只有一個男孩比較活潑，他

①Stamina，指耐力。

身材纖細，裝扮時髦，熱天裡穿一件緊身襯衫與及膝三蘇骨褲②來學校，足蹬一雙細尖的鞋子，說起話來比手畫腳，手腕上一條銀鈴鍊子清脆響。

他來自戲劇系。

「如果有一天這小說搬上舞臺，那麼這個威尼斯的美少年非我莫屬。」

有人吹起口哨。有人喝采，有人喝倒采。

他撫摸自己的捲髮，「沒有人比我更適合。」

「不要忘記你的頭髮是黑色的，」班上掀起一陣笑聲，「你年紀也太大了！」

她容許他放肆，她寵愛並樂意原諒所有才華洋溢的學生。她教他們誦讀E・E・卡明斯，

「春天就如可能之手。」而且／不打碎任何東西。

他們非常愉快，她高興地發現自己在他們之間仍然感到年輕。那美麗的孩子如歌唱般富有節奏地朗讀：「我喜歡喜歡我的身體。」他說。由於還剩下十分鐘，所以她便容許他。她完全沒有想太多，既然這首詩如此美麗。她對所有美麗的事物都無法抗拒。

當他高興地讀著那些帶電的詩句時，她感到他確實是個漂亮的孩子。他的睫毛很長，隨著每個句子溜過而顫動。她想，如果詩人在世，大概也沒有理由拒絕像他這樣的人來朗讀。她感覺到那孩子正以舌尖吐出的音調彈撥身體的脊柱，那聲音有時像一根弦那樣緊繃，有時又像一封信那樣攤開來。她甚至並不注意有哪些人離開教室。

那是四月，四月很快就過去。風颳起枯葉，枯葉在地上豎起來走路似地成群結隊。偶爾她也會感到放鬆且穩定下來了，像一叢扎根地上的植物，再也不需要擔心降落的問題。她在園子裡拔草，看嫩芽抽長。至於那些早前種下的，本來已經快枯死了，一場雨後竟然頑強活下來，蜘蛛在莖枝間漫漫編織。

對面山坡上的小學放假了，可以聽見鐘聲從空蕩無人的校舍傳來。蚊蠅降落滑過池塘的混濁水面。

當她監考時她就看著那片刈得齊整的草坪，一群鳥低低飛過，聽不見一絲啁啾，只見幾道迅疾的黑影在半空中劃出凌亂的虛線，忽高忽低四竄飛舞，搶在雨來之前捕捉昆蟲。遠處一排修剪過的樹，天上是壓得低低的雲。光線變得昏暗，草坪蒙上泛黃的灰色。窗口像一幅畫。

在學生入場之前，她和一位馬來教師就有一搭沒一搭地聊著。純粹出於習慣，她隨口問問。妳從前在哪兒教書？

對方回答她，瑪拉學院大學。

呆了一會，在心裡研磨，一字一字，像數米粒。盯著教室裡那些標了座號的桌子，一列列

②三蘇骨譯自馬來語，蘇骨（suku）意指四分之一，三蘇骨褲是比膝蓋稍長，長至小腿中間的褲子。

空的椅子，不禁就問：那麼，當妳在那裡教書時，有教過任何華裔學生嗎？

對方垂下眼睛，沒看她。頗為小心地考慮一會，才答道：沒有，那裡應該百分百都是馬來學生。

她還是為這明知的答案震驚，同時感到這樣的明知故問確實是太無聊了，對方會否感到困擾呢？她會認為這是個懷有敵意或故意找麻煩的問題嗎？不知道這人心裡是怎麼想的，當她回答時彷彿只是平靜地說一件事。從那雙眼睛裡什麼也看不出來。得體的語調謹慎的表情，安定如一池靜水。

這以後對方就轉移話題了，談起數天前有學生作弊，怎麼給機警的老師當場發現抓包，至於懲罰嘛，當然就是被學校扔出去啦，言下不勝唏噓之感。她嗯嗯嗯的回應，言不及義地答腔。繼續看著窗外被雨拍濕的風景，草坪模糊一片茫茫。

空調很冷。起床實在太早了，她打了呵欠。

打從以前開始，她就喜歡馬來文中的「表情」這個詞語，air muka③。臉上的表情，掩不住的心情。有風就起皺了，或許所見者實是旁觀者自己的心影也說不定。

話題。有恰當的，也有最好別提的。有些人彷彿可以從不失守地把握分寸。該藏在水平線底下的就不會暴露在空氣中，儘管人們狀似放肆地哈哈大笑，但聲音最響亮的那些，眼睛並不笑。他們害怕如果不那樣笑，人們就不再靠近他們。那些眼睛不知給什麼囚禁起來，像核殼般防守堅硬，眼神如穴，一看就知道，什麼也不會流露出來。不過知道也就只是知道。知道並不能阻止老毛病不犯，比如忘記分寸，忘記絕不逾越的警惕。因為逾越，過後無論怎麼修補都是不對的。過後就漸漸變得孤獨，有一條線指明到此為止，那一條由過去留給她的座右銘。

她開始對自己感到厭煩，對劃線這件事也感到厭煩。

五月來了，季候風轉向。在出來之前，她必須提醒自己把窗關上。有一天她忘記了，回去以後發現辦公室內一角有薄薄的積水，這才發現這地板傾斜，而平時並不察覺。

濕氣侵入水泥牆內，雨天裡空調也太冷了。她瑟縮著肩膀走進他的辦公室。他正在閱讀一封信，像往常一樣嚴肅地從桌上抬起頭來。

「聽學生說妳在班上頌揚同性戀？」他問她。「而且還叫一個穆斯林學生朗誦同性戀的詩？」

她不是不想分辯，但一想到那可是E．E．卡明斯啊……竟然還得如此費力解釋，便不由得感到疲倦、羞辱與憤怒，以至於一句話也吐不出來。

---

③air muka，意「表情」，直譯此詞含有「水面」之意。

這是非常非常嚴重的問題，我收到投訴。他說，我不用把話說得很明白，妳應該知道我們這裡是怎樣的地方，有些人不喜歡看見這種事情。當然妳要教什麼都可以，文學，啊，我也懂得文學不能與政治混為一談……但是，現在有這問題，要跟別人說明是很困難的。坦白說，如果沒人投訴，我才懶得理。

她一言不發地聽著。

妳那個學生搞自拍、把自己的錄影傳上網，又在網站上念這首詩、又搞了同性戀出櫃的告白。妳應該上去看看，看看有多少人在那裡留言威脅說要殺死他……

我也希望他們不要把事情看得太嚴重。他說。我不知道委員會有什麼話，如果有人雞蛋裡挑骨頭，少不了還得費唇解釋，妳可以想想看要怎樣說。

她想如果能保持緘默讓事情靜靜過去那有多好啊。在其中一封公文上，那上頭烙著浮凸有致的徽章圖案。那紅色的彌封蓋章印記，也像一個神祕的符咒。當她出來時，她可以感覺到有一種尖銳的死寂幾乎震聾她的耳朵，食堂裡，她偶然遇見那天一起監考的馬來女教師，互相打了招呼，對方一貫平和地迎面微笑。不過她知道嗎？她會告訴別人說，這個女人確實有這種專找麻煩的、不滿現實的傾向嗎？整個下午恍恍惚惚，心不在焉地教了一堂課，遲到十分鐘，腦筋像駁錯的電路。表格填錯了，填了又填。

晚餐時間，電視聲浪填滿屋子。連續劇，廣告，新聞，連續劇。他們無聊地看著電視，無聊地看著她，或許他們感到滿意，或許也不盡然滿意，她不是很確定。然後他不看電視了，他執拗地說著，眼睛看著她說，怎樣樹立權威。她是他最佳的聽眾了，在他孤獨的晚年裡，只有她依然能從這個家裡連繫外界，他所緬懷的往日校長的歲月。他不喜歡母親對生活的觀點。母親說，人要曉得如何應付生活，這就是生活，這話她說了幾十年。她幫母親收盤子，洗碗時也耐心聽著，母親寂寞的生活。關於生活，總是別人的故事。

全部都是別、人、的、故、事。

等到她終於一個人時，她就只是坐著，完全不想開動。既不想上床，也不想刷牙，只想要那樣繼續坐成一個巢穴。很久以後她才想到要搜索那個視頻網站，試了好幾個關鍵字。最後終於找到了，但僅能看到題目，短片已經被封鎖了。

讀到一行字：此片已嚴重威脅他人安全，不再播放。

她背脊冷了下來。

一個星期過去了，兩個星期也過去了。脊梁寒意未退，繼續走進與走出課室，也沒想該怎樣對紀律委員會解釋，反正也沒人叫她去開會。沒有人提起這件事。事情已經過去了嗎？就這樣被遺忘了？有人下令噤聲了？還是他們早已做了決定，故此連解釋都不必費了？

直到月底她才聽到消息，審查委員會把她的事情擱下了。他們的焦點都落在另一個更加年輕也更多麻煩的老師身上。據說，她在課堂上談到了伊斯蘭對女性儀容的要求，她說那是一種試圖與世俗區別以成其神聖的做法，實際上卻是對身體的制約……這觸怒了一些穆斯林學生，起初他們到辦公室找她討論，然後發現她「態度不當地對待可蘭經」。學生發信向院方投訴，於是各種責備與抨擊排山倒海而來。適逢她聘約到期，院方便決定不再給她續約了。

忙碌整天，上完課走過校園，沿著斜坡走，像往常一樣繞過生物系前的養魚池塘拾級而上。六月，鳳凰木燒得滿樹火紅。沒再看到那戲劇系的馬來男生，到處都看不見他。

她經過那扇門。門打開，透出一截光照亮走廊，不禁側頭往內望，那位極年輕的女老師正在收拾，地上散亂一堆箱子，聽見腳步聲才抬起頭來，看見站在門外的她，便打了照面，嗨一聲。

於是，門外的她便也回應一聲，嗨。有點歉疚，為著竟然因此慶幸自己脫難，而稍微感到有點內疚。

跑進室內，表示友善，七手八腳地幫忙，膠紙撕，拉，貼。對方也不拒絕。論文，英文，馬來文，還有好幾本中文書，封面上有幾個字她還懂得，壓抑著好奇心，一本本裝箱。直到她看見那本掀起軒然大波的燙金封面，盯著看，沒動。對方若無其事地把它抓起來就直接擺進箱子裡，在那上頭又繼續疊上一大堆參考書。

「沒有關係，這裡沒有別人看，妳要怎麼拿，都沒有問題。」這女人說，「不過，就算有人在前面，我覺得應該也可以隨自己的意思，不必畏懼什麼人。」

窗簾都拉開了，滿室明亮。對方從皮包抓出一包煙，眼神示意，她搖頭。對方就自顧自地叼根煙，垂頭，幾乎近在一綹髮下，點了火。置身於此，在午後日光裡，煙草味瀰漫室內，稍微嗆鼻，微覺難受，只覺肺裡幾乎也塞滿了雜物。

「我很抱歉，我有聽到，」她欲言又止。

「聽到什麼？」

「聽到一點，」她說，「但不是很清楚。」

對方若有所悟，從裊裊上昇的白煙中好奇地看她。一會兒，坐在自己的椅子上，踢開地上的雜物，把椅子拉近桌面，示範一遍事情的經過。「就是這樣，」她說，拉開左邊下角的抽屜，彎腰，虛擬地取出某物，把一團空氣攏進懷裡，擺在膝蓋上，「他們說，我的身體，彎下來時，越過可蘭經，是不對的。」

噢，屎，她說，就不知道該說什麼了。眼前書本收了七八箱，日光西斜，暫時也只能收拾到這地步了。架子上還有許多書。

「該走了，一天收不完的，」對方說，狠狠地吸最後一口煙，「雖然我想走得越快越好，嘿。」

把煙捻熄，把煙灰缸清理掉，味道仍然縈繞不去，沾了一頭一身。

她感到六月的尾聲在耳邊震盪。

「妳住在哪裡？我送妳，」她說，忐忑不安地，「這個時間搭車麻煩了。」

年輕的女老師住在首都北區，近國家動物園的郊區。她知道路怎麼走，曾去過那裡，看過那些關在籠裡死氣沉沉的動物。她載她一程，並感到自己的心神分了一半在左邊。她和她之間，說熟不熟，但也不是全然陌生。這位非常非常年輕的女老師似乎才剛來不久，她們的辦公室相隔幾間，經常在走廊上擦肩而過，一起開過會，在課堂交接的教室外互相等待過。現在她竟然變成一個勇敢的標誌了，感覺很不可思議。她想此刻適宜保持靜默，又想此人也許心情不佳，但路途還有一小時之遙，於是零零碎碎地聊著，嘲諷了電視臺的無聊節目，抱怨了數十年糟糕如一日的公共交通，直到她們從電臺裡聽見有個人在開記者招待會，砲轟爛得像垃圾般的體制與不公對待，安安靜靜地聽了好一會。

「以後想到哪裡去呢？」駕駛座上的她問。

乘客席上的她聳一聳肩。「不知道啊。」

「他們是怎麼跟妳說的呢？」

「他們現在聰明得多了，」她說，「話都說得十分文明。就說合約到期了，最近因為課程改革，系所發展要改變方向，故此不需要我了。完全沒有提到任何跟學生投訴有關的批評……」

「竟然是這樣啊……這一來就真的很不好說啊。」

「說什麼呢?」

她緘默不語。

「說我是個受害者?」她說,「但我不想擺出那樣的姿態。」

事情還要更加複雜,乘客席上的她說,非常、非常地複雜。

下班的車子如潮,一輛接著一輛長長地堵塞整條外環高速公路,使得六條大道看起來像是巨大的露天停車場,汽車喇叭焦躁地一聲接著一聲。車子一吋一吋地移動,排著隊好不容易熬了大半小時經過收費站,耀目的斜陽裡,車海蔓延望不到盡頭。

「我想我會申請出國,就找個什麼計劃出去。」乘客席上的她有些悶悶地說,「妳怎樣?應該還好吧?還可以留在這裡吧。」

駕駛座上的她猶疑地略略點頭,又搖頭,聲音苦澀,「不知道,希望是好的。希望會很好。」

「那部短片我看了,根本不關妳的事,只是有些人愛講屌話。」對方說,「英文文學基礎介紹本來是最最安全、最最無關一切的。只不過是有些人沒事做,就是想找機會嚇人,殺一儆百。」

她靜靜聽著感到無話可說。確實是無話可說,甚至覺得這話聽起來就是事實。最最安全且與現實的一切也最最無關。遠得很,她想。確實是比海島與海島之間的距離更遠啊。

到了，她們揮手道別。由於疲倦，話也不多說，立刻就開車回家。

車子從外環高速公路拐進車道，攀上斜坡，穿過城北那片綠鬱蒼茫的樹林，天色已近黃昏。最後一絲天光兀自在樹梢留連。狹窄的車道彎彎曲曲地蜿蜒上坡，樹皮漆黑，樹影朦朧，車道兩旁都是濃鬱的枝椏與灌木叢，從這片密密匝匝的綠牆中驀然出現一道板牆，立著整排地產發展商的公告板。

就是在這裡，那頭動物，或許是麋鹿，至少看起來很像麋鹿，不知從哪裡冒出來，就這樣猛然出現在駕駛座旁邊的車窗外。

她一轉過頭去便看見了牠，那奇妙的鹿角。在車窗外像風一樣跑動。風景在後退。或許那不是麋鹿，而是普通的鹿，她不是很確定因為生物向來不是她的強項。

無法看到全貌，只能看到局部，一部分頭，一部分身體，激烈起伏的身體，像被猛獸追趕，又像是脫出牢籠那樣雀躍。有那麼數秒鐘她完全忘了自己在開車，無法收回視線，那頭活力勃發的動物竟然那麼近，就在她駕駛座旁的窗外，身上的絨毛彷彿觸手可及，只要一伸手就可以抓到牠頭上的角，比起電視上鏡頭攝獵的麋鹿，那一對角看起來更短也更小，有點像斷枝，經過風吹日曬後變得粗硬灰暗。牠的頸項頗長，頭顱上的眼珠子彷彿正從側邊盯著她瞧，與此同時牠的身體卻又卯足勁奔向她所不知與看不見的前方。

在短促的時間裡他們共同奔跑在寂靜的車道上，道路兩旁樹蔭覆罩如巢，在暮色泛藍的光波中彷彿騰雲駕霧逾越邊界進入夢域，日常的知覺剝落了，另一種異樣的知覺如海潮奔湧而至，強大得使她整個人彷彿就要飛起，彷彿可以就此脫離地表，沖刷至地平線之外，以後就不屬於任何時間、任何地方。

但這只是一剎那的事。當車子就快被巨大拐彎的離心力拋擲，那一瞬間忽然驚覺，猛踩煞車。車輪發出尖銳的吱叫。那頭輕盈的動物，就在她回返現實的剎那越過了車子，隨心所欲地在這巨大的轉彎道上繼續奔跑，一眨眼就把她拋在背後，只剩灰溜溜的小點，消逝在路的盡頭。

車子在原地轉了大圈，越過路墩，超出車道，衝向湖水前面的荒地。在她來得及發出驚恐的尖叫以前，這場失控就已經終止。

她緩過神來，仍驚駭未息，呆在座位上。一會兒才小心地察看倒後鏡，後方的馬路無車，於是掉轉駕駛盤慢慢倒退。後座的輪胎陷入一片爛泥的凹溝裡。任憑引擎怎麼咆哮，那輪胎還是只能在原地打轉。

她熄掉引擎下車，一群飛蚊撲來，耳邊充塞蟋蟀蟲鳴。一片閃爍發亮的水光。她可以看見那裡堆著一些被扔棄的舊傢俱。有一張沙發如此靠近湖邊，彷彿坐在上面一伸腿就可以碰到水面。它是那麼誘人，像一個假期那樣朝她招手，但當她走過去時才發現那張沙發是不可能靠近的。它被一堆木材和各種殘破的垃圾所圍繞。她審視這堆凌亂潮濕的雜物，想從中找出一個可以墊在輪胎底下的木板。

天空迅速暗下來。她的四肢已經被蚊子叮出了好幾個包包。她回到車裡再次發動引擎。但是一直等到天空與湖水都變黑了，還是困在那裡，拚命打電話找人，卻偏偏收訊不良，只聽見電訊公司傳來刻板機械、重複又重複的回答。

她懊惱極了。四周一盞街燈也沒有。

她知道自己坐著的地點離湖其實還很遠。但由於什麼也看不見，好像變成了一個睜眼的瞎子。徹底純淨的黑暗取消了遠近的距離感。她想到那種開天闢地的神話，想到那種讓人敬畏的、會把渾沌撕開的英雄，想像那種不可思議的非凡勇氣。想像當他們看見第一道光時的驚訝，他們必然到那時才發現自己有眼睛。她知道只要一扭亮大燈就能驅散黑暗，但她不知道究竟是開燈讓別人知道自己的存在，抑或繼續隱匿在黑暗中，哪個做法才更安全些。

在這一刻裡她靜靜坐著，留神諦聽，聽著黑暗中傳來的各種不知名聲音，在樹林裡和蟲鳴長短錯落地交織成一片和聲，繼續面對這片漆黑的渾沌，她聽見湖上颳著大風，風颳過她的車子，颳過灌木叢與野草，並疲倦地想著，這就是了，就是這裡，暫時休息一會。

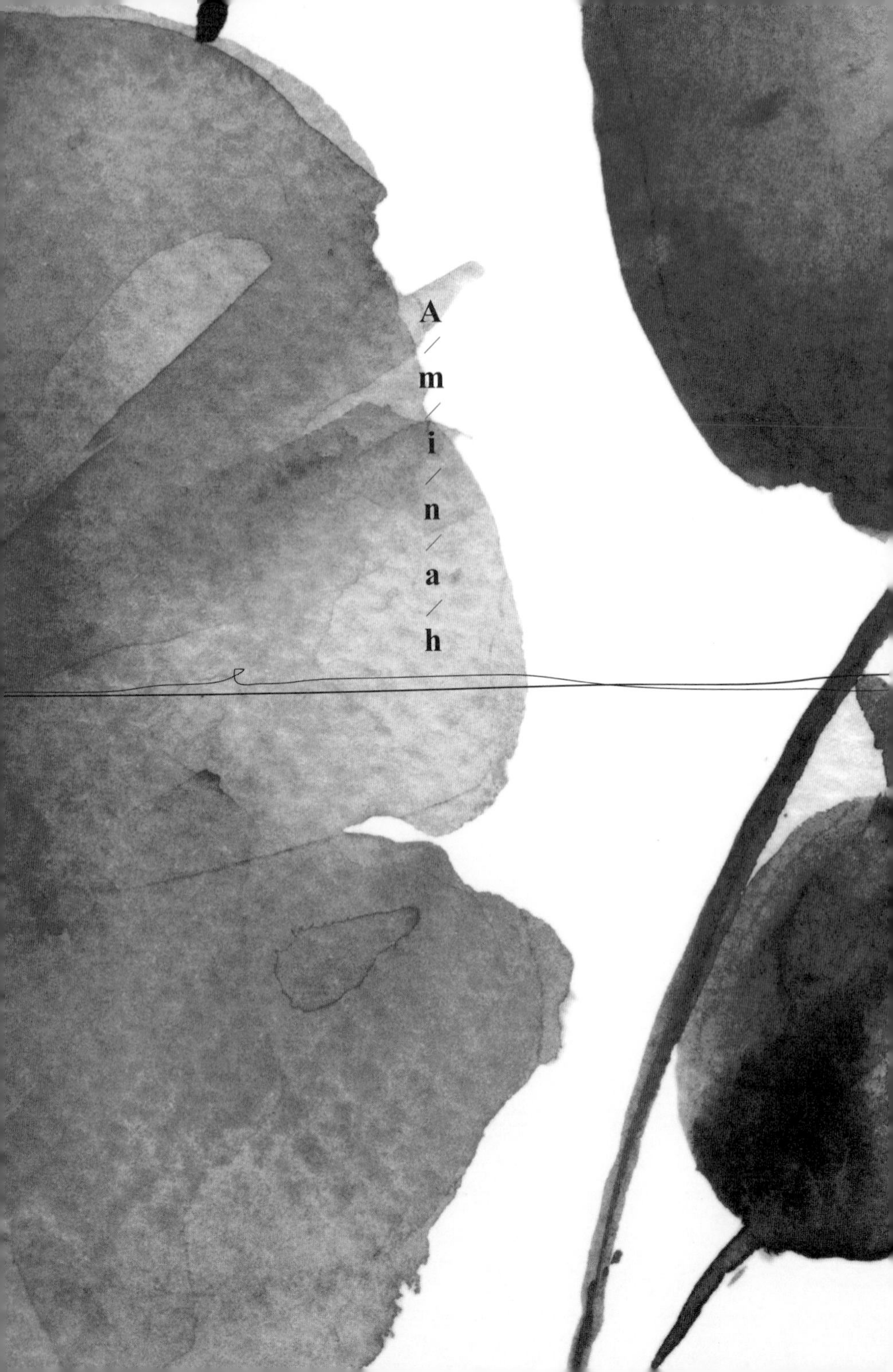

A/m/i/n/a/h

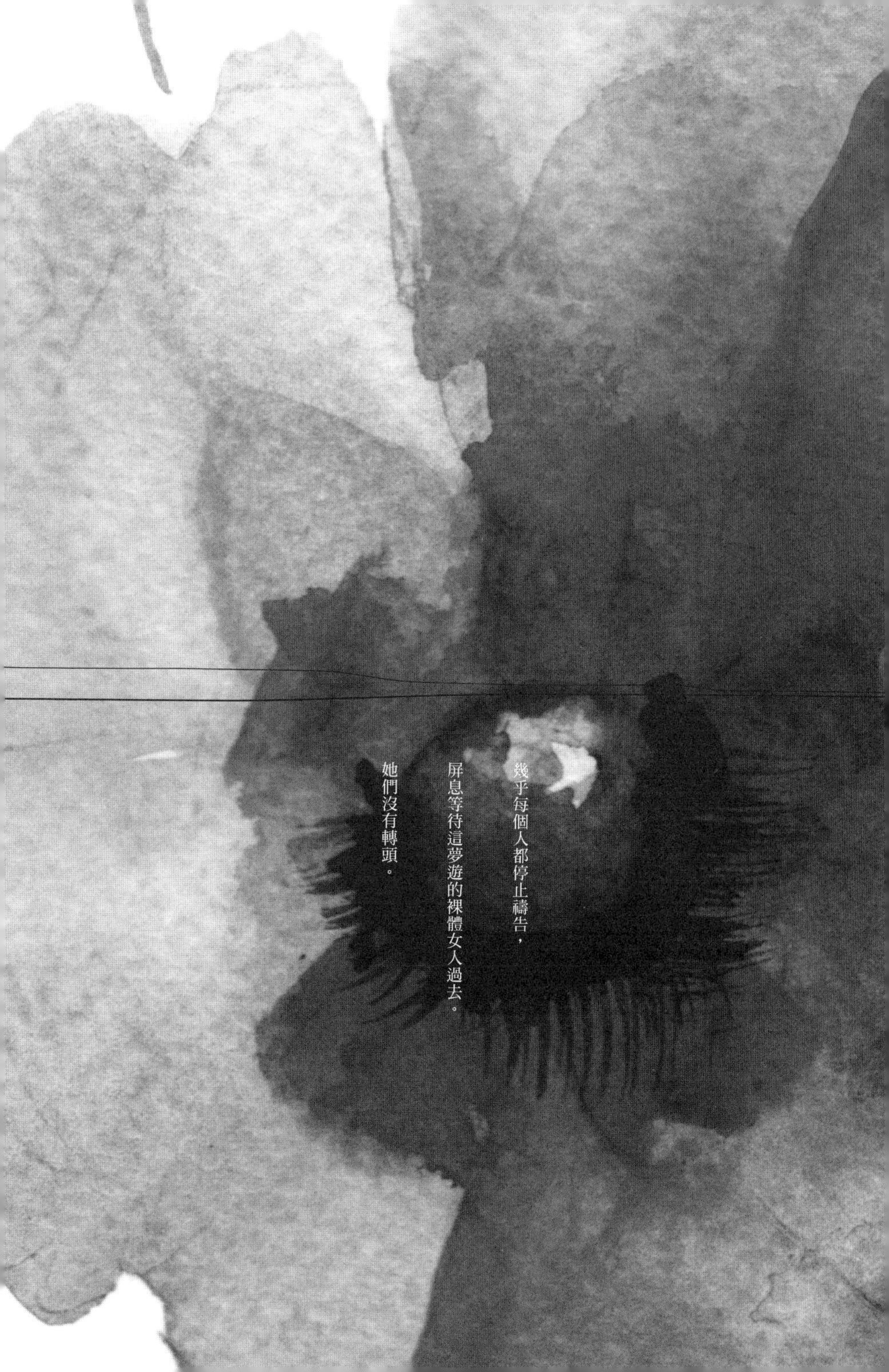

幾乎每個人都停止禱告，

屏息等待這夢遊的裸體女人過去。

她們沒有轉頭。

似乎是那些淒涼的貓叫聲把舍監吵醒，但也或許是風。風颳過屋簷下長廊的門窗，把現實裡令人煩躁的聲音送入夢中。舍監夢見一個女人走到床邊。那女人的臉很暗，五官朦朧不清。

他們只不過是給妳一個位置暫時待著而已，但這裡根本不是房間，那女人說。只不過是熄了燈，黑漆漆的才產生錯覺。

舍監想竭力看清楚這女人的臉，她能看見這條黯沉的影子棲息在床邊。她看著這人影好一會，並不害怕。直到冷風不知打哪裡吹來，她才打個哆嗦，這女人就消失在風裡。只聽見窗下的貓在哀泣，貓頭鷹在深山裡啼叫。細碎而充滿雜音的現實再度圍攏四面八方：那些拉長的影子縮在牆角，蒼白的月光斜落地板，像箱子一樣的房間，像蓋子一樣的天花板，全都遮擋在眼前。風把門吹得磕磕碰碰地響，她爬起來，想走過去把門關緊，一整排床鋪望過去，女孩們猶自沉睡如一列白色的繭。只有阿米娜的床鋪空了，被單掀開，睡衣脫下扔在床上。她吃了一驚。

她本來可以繼續躺在床上，但說不上什麼緣故還是離開被窩，跑到外邊去尋找阿米娜。走廊微涼，燈影昏暗。她摸索著穿上拖鞋，穿過大片芭蕉葉與建築物投落的陰影，來到大門前。

警衛亭裡，看守人正闔眼靠在帆布椅上休息。她以指關節敲了敲檯面，對方睜眼惺忪地看她。

阿米娜跑掉啦，不知跑到哪裡去了——，她說，她要是跑出去了，或出事了，那怎麼辦啊？

這種時候，還能去哪裡？對方說。他整了整頭上的哈芝帽子①，完全不想爬起來。

舍監懂，她明白。阿米娜如果又是那副模樣，任何虔誠的穆斯林看到都會羞恥不已。打從那期限延長以後，阿米娜就開始失常。老師們勸她，既然一切已成定局，也不能上訴，妳只能接受現實當阿米娜。

阿米娜發了瘋。起初她把長裙撕破，露出她自己。不戴頭巾，也不讀可蘭經，反正本來就不看。有一天傍晚竟爬上一口井。廚房裡煮飯的阿嬸認為，阿米娜就是那天傍晚中了邪。太陽下山後荒郊野地的精靈就不安分起來，尤其是近森林一帶，那些東西隨著霧氣四處瀰漫尋找意志薄弱的獵物。對這類顯然是源自古老未開化的迷信說法，舍監向來不置一詞。每逢電視節目播放這類鬼怪故事，她看到最緊張的時候，就會爬起來，走來走去，假裝漫不經心，到結局就索然無味，可蘭經比所有的巫師都強大。然而此刻清晨幽暗未明，冷風颼過枝葉颯颯作響如幽

①哈芝源自馬來語的haji，有朝聖之意，乃回教的五大基礎之一。對回教徒而言，到穆罕默德出生地麥加朝聖是一生中最重要的旅途，而哈芝節即是紀念此一宗教活動並慶祝朝聖者的歸來。哈芝帽為穆斯林常戴的圓形無沿小帽。

靈私語，那些最無稽與最陰鬱的念頭隨著晨霧與陰寒濕氣從樹叢漫漶湧出，泛起一波波寒意，使舍監不由得渾身寒毛豎立。風中的芒果香味，濃郁得宛如傳說中誘人墮落的邪靈氣息，她拉起披巾裹起被風吹涼的鼻尖。

雨季裡野草都長高了。四下裡黑糊糊的，什麼都看不清，但舍監知道那口井就在那裡，在那棵芒果樹下，被野草遮掩。那口井，現在已無人使用。它存在多年，彷彿老久以前就有人住在林裡靠它生活。這井從一開始就在，甚至遠在康復中心蓋起來以前。此地本為軍隊集訓的營地，後來撥給宗教局，院子落成，圍牆沿林而建，連帶把這口井也圍攏在內。

柵欄上的每根鐵枝條上都掛著倒鉤，圍牆上滾浪似地纏著一圈圈鐵絲網，舍監一邊走，一邊搜尋那可能出現的缺口。怎麼可能呢，怎麼可能逃得出去呢，既然沒有缺口，也沒有任何一扇漏鎖的門。阿米娜必然還留在這裡。貓群在院子裡追逐，牠們發情，交配，生下許多貓。貓太多了，貓可以離開，但人不能。有些人必須等待，比如三個月，比如一百八十天。他們來與去的時間已經寫在檔案裡，如同人的生死寫在阿拉的命運板上。然而無論是誰，他們逗留的時光都要比舍監短得多。舍監幾乎是待在這裡最久的人了。這裡已經變成她的家，閉著眼睛都可以在院內繞一圈。沒人待得比她更久。從後山傳來的風聲澎湃如濤，但仍然掩蓋不了那此起彼落的貓叫聲。廚房暗暗沉沉，煮飯的工人還在睡。到處都不見阿米娜。

彷彿憑空消失。

一會兒，回教堂播送的禱告響起，肅穆嘹亮地劃破清晨山風。她回到室內，開始禱告。女孩們也都紛紛起床了，跪坐毯子上，臉朝麥加，一會兒額頭觸地。

別淪為一個凋落路邊的人。舍監心裡默念，除了阿拉再無別的真主。

又是長無止盡的一天，長無止盡的任務。生活與考驗不會結束，根本沒有結束的時刻，除非生命到了盡頭，俗世到了盡頭。她面對窗，窗前有光。這晚月光照得窗上蛛絲發亮。風打門前吹過。門吱呀一聲，打開，她聽見。

阿米娜回來了。灰濛濛地走過長長的室內，走在一排毯子前。每雙眼睛都看見了她的腳板，在她走過的地方留下泥濘與草屑。

阿米娜走在天花板下，走過祈禱的女人。舍監忽然忘了自己的禱詞。阿米娜的手指被月影削薄了，瘦得就像快要融掉似的。這身體骨節嶙峋，一絲不掛。

幾乎每個人都停止禱告，屏息等待這夢遊的裸體女人過去。她們沒有轉頭。她們聽見阿米娜繞到身後去了。阿米娜爬上了自己的床。從床上傳來薄薄的聲音，咕咕噥噥猶如一串氣泡，旋即隱沒在回教堂廣播的早禱長吟聲中。

舍監滿心震顫。心裡念誦的聲音斷了。早禱聲悠揚地從「信仰之家」的教堂屋頂上往四面八方放送。除了這把嘹亮的早禱之外她什麼也沒有聽見。女孩們逐一回到被窩裡。她仍坐在毯子上，想拾回失落的句子，而額頭卻不知晃到哪裡去了。地板上潮濕的足跡在發亮，她盯著那不成形的足跡。月光很斜。月亮落到山後去了。廣播的早禱正莊嚴肅穆地淹沒山谷的風聲與惱人的貓叫聲。聲音高亢，穿透穹蒼。她沒有再聽到蟋蟀聲。沒再聽到阿米娜或任何人的床上有任何聲音。

下午的輔導課臨時取消了，本來應該有一排學生坐在這裡懺悔。咖啡壺端上食堂的桌子。咖啡濺到桌布上，污跡就留在眼裡，駐在心底，揮之不去。杯口是滾燙的，想說的話說不出來時，他們就大聲啜飲咖啡，什麼都談了一點，什麼都沒說。

關於阿米娜，他們過去只知道幾件事。一九七五年出生於吉打州華玲新村。祖父是阿都拉洪，祖母是徐小英。父親是韓沙阿都拉，母親是高美美，父母親皆職業不詳，行蹤不詳，直到案件了結兩人都沒有出現。和非穆斯林的男人同住在首都蕉賴市美麗花園第七路四A巷門牌三十五號。當過餐廳女侍、酒廊女侍、理髮女郎。一九九三年開始申請退教，一九九七年八月二十日回教法庭下判仍歸屬伊斯蘭。當他們讀著她的檔案時，這些資料就給讀出了聲音，聲音在腦海裡掠過，一闔上就有大半給忘了。忘了以後，他們對她所知的其實也不多。只記得她是穆斯林的後裔，品行不良，且試圖叛教。

幾個月以後，他們又知道了另一些事，這些事沒有寫在文件裡：阿米娜野性難馴。阿米娜憎恨伊斯蘭。阿米娜夢遊時用一根鐵絲就能把門鎖撬開。沒有人知道這樣的鬧劇什麼時候才會停止。

我不知道可以做什麼。一個老師說。該怎麼做才能改變她呢？舍監說，我無法看守她，把鑰匙藏起來都沒用。何不把她送走？她應該去瘋人院。沿著桌子邊緣，一排頭顱搖得像浪。於是互相傳閱一些信，一堆公文在咖啡杯旁邊傳來傳去，盡可能低調處理。複述了電話裡叮囑的聲音，就說，不能送出去。想想看別人會說什麼呢？說我們把一個人逼瘋？

她不是瘋，只是夢遊，一個老師堅持，夢遊又不是我們的問題。

到底出了什麼問題呢？到底該怎麼辦呢？十分哀痛又沉重地，咖啡杯口上的嘴唇皺起來。我們顯然關心得不夠。桌子輕輕震動，一根手指在桌面上一句一句地敲落。想想看我們應該要反省什麼。

於是，接下來的兩個小時，他們彼此重複說一些耳熟能詳的話，「一切都瞞不過真主」，「要把迷失的人帶回正途」，「盡可能關心阿米娜」，「要關愛他們」，「這樣他們才會正確地認識阿拉」。

這就是祂給我們的考驗。一位老師說。

他們同意了，開始吃餅乾。麻雀在地上跳動找尋餅乾的碎屑。這個院子好像不受時間的流逝所打擾，習以為常的景象熟悉如故。灌木叢沐浴在陽光下靜靜生長。

食堂周圍沒有牆，光從四面八方撲來，亮得哈密瞇起眼睛，他幾乎感到自己是瞎的，像浸在海濤中必須閉上雙眼。

我們不是神，他說。我們無法知道全部的事。

啊，對的。另一個人說。我們不是。

到目前為止，阿米娜只有在夢遊時才裸著身體。當她清醒時，總是穿著衣服，偶而暗自哭泣，偶而也會平靜地說話。但是當她夢遊時，就脫光衣服在院子裡遊蕩。他們並非擔心她逃跑，而是擔心她將會如何出現在眼前。既然周圍都有鐵鉤密密刺向天空，她哪裡也去不了。鐵絲網外面是樹林與荒野。荒野中有一條孤寂的公路，遙接半島西岸的南北高速公路與內陸深處。沿著路邊走可以看見電線塔矗立在荒野上，如空洞的梭子牽著疏疏落落的電線橫過天際。暮靄就快降臨，暗雲被風吹散，地平線在最後的波光中迷幻如霧如遠方海島。

阿米娜來時沿途就看著這樣的景象，一直一直瞪著看，直到電線不見了，樹木不見了，遠處的山脈消失，樹林飛逝窗外，鋪天蓋地的黑霧侵吞四周。

當阿米娜走進來時，四肢變得很輕，幾乎無法站立，心重如石，纍纍堵到脖子上，當她走路時，她感到雙腿像兩袋石頭拖在地上。白天她忍耐著讓自己吞嚥那些不合口味的食物。夜裡她躺下，但睡不著。當人們把祈禱用的白袍遞給她時，她憤怒地扔掉它，朝它吐口水，說，去死吧，詛咒每個走過眼前的人。經過一段日子，她就任由這東西堆在床腳。在那些人放棄她以後，她悶慨慨地無聊地躺著，對自己說話，以這裡誰也聽不懂的語言說。權當看不到他們，全都是空氣。

全都是死人。阿米娜說。豬。

那件白袍很完整但她並不。當她想起那些過去捨棄她的情人、那些從來無法註冊的關係，以及某次流產失去的胎兒時，有一道裂縫就從膝蓋之間穿過她的身體，裂成兩半。嗡嗡地。從額頭深處傳來碎裂的聲音，密封耳內。

把頭埋進枕頭裡，枕頭很鬆軟。用力往下壓，直到柔軟的棉花抵著鼻子。我的名字是洪美蘭。對著枕頭說，聲音陷入皺褶中。人們會說，這話現在無效了，妳不能再證明自己是洪美蘭。不僅因為它白紙黑字地在法庭上朗讀出來，而且，還因為妳不能上訴——已經無處可去，一切已成定局，不能再改變。

阿米娜。

等到頭髮慢慢長了，她就躲進了自己的頭髮裡。除了頭髮就別無他物。

最初剛來時，阿米娜還願意跟別人說話。她偶而會憤怒地回應別人的問題，或者哀哀地請求舍監讓她離開，或忽然以不流暢的馬來語極力說明她自己。她也像別人一樣，煩躁地走進與走出課室。純粹是為了躲避白天熾熱的太陽與單調的臥室，她才不斷跟從大隊移動、更換地點，此外也和別人一樣，不愛看書，不進圖書館。實際上沒有多少人會去翻那些書，沒有任何一個被指控舉止浪蕩、乖離教義、性別錯亂或叛教而被強制進來當學生的人，會想要進入圖書館翻閱那些闡述正確的冊子。

一個人體內如果流有穆斯林的血，到死也是穆斯林。

舍監這麼說。哈密這麼說。在鐵絲網內，幾乎個個教師都這麼說。

阿米娜敏蒂韓沙！要妳信真主，有這麼困難嗎？

哈密困惑地問。舍監也曾經困惑地問。在鐵絲網內，同樣的疑問從一張嘴巴遷移到另一張嘴巴。

炙熱的午後，風緩滯如牛。風扇底下的空氣黏附在皮膚上。

哈密汗流浹背滔滔不絕地舉證說明，可蘭經是何等完美！他說，無一字多餘，又一字也不能少，因為作者並非凡人，乃是萬能的真主。

阿米娜心不在焉，她熱得渾身痕癢難當。不戴頭巾，披頭散髮，裸露的脖子滿是爪痕。另外幾個想脫教而不成功的原住民坐在椅子上搖搖晃晃地打盹。

妳的頭巾呢？哈密禮貌而溫和地問。

阿米娜不回答，癱倒桌上如爛泥，頭髮蓬亂若野草。

哈密想起同事說的話，他們說阿米娜爆發時像火山。於是他小心翼翼地揣度措辭才開口。

如果妳的情人愛妳，他不會因為這樣就拋棄妳。哈密說。妳看，他沒再來了。

阿米娜不言不語。

如果妳的母親愛妳，她也不會不顧妳。我不明白，既然他們都不愛妳，妳又何苦還要回去？既然我們比他們更愛妳，妳為何不接受我們？哈密說。

麻雀在屋簷下跳動聒噪。有生命的東西都靜不下來，棕櫚樹投落的影子也搖曳不休，光斑忽地燦亮，忽地黯淡。

起初哈密還以為是風動的緣故。好一陣子才發現是阿米娜在顫抖，她躲在頭髮下一吐一吸她自己，有什麼東西潛藏在亂髮裡，忍耐著等待爆發。阿米娜的馬來語說得一塊一塊，卻又清楚無比。

為什麼不講那個死人豬？一分錢都沒給過我。你們，全部，馬來豬！撒旦！要牙痛要阿拉，是你的事，幹什麼還要管別人的衣邊呢？

哈密激動起來，無法置信自己的耳朵。撒旦，竟然叫我撒旦！他來來回回地在原地踱步好幾圈，竭力想說服她。

不能這麼說，妳不能因為怨恨父親而恨神，阿拉對妳父親也另有安排，就像阿拉對妳也有安排。哈密說，亂搞男女關係，跟異教徒在一起，這是不對的。妳不會得到幸福，只會墮落下去。如果不能取悅阿拉，這樣的生命根本就沒有意義。

阿米娜的眼睛穿過額頭的黑髮瞪他。她的嘴巴沮喪而厭倦地耷拉下來，用手掩住了耳朵。他不再看阿米娜的眼睛，垂下，看向阿米娜領口上方的鎖骨處，那裡隱約可見不知何時留下的傷痕。

要知道阿拉真正的賞賜在後世，比起眼前的更豐富……他又說。

她沒能接受。他感到難過，心想，這女孩白白辜負阿米娜的名字。這名字是忠心耿耿的意思。有這名字的人應該要服侍真主。哈密覺得有必要拯救這樣迷惘的阿米娜，必須把她自沉淪的深淵拯救出來。

阿米娜不再抱著希望了。沒有人來。外面的世界走遠了，她不吼也不哭，第一百五十天過去以後，其他同來的報到者也彷彿聲寂闇啞了，只餘雀鳥在高而遠的天空裡啁啾呼喚。樹木在風中沙沙作響。螞蟻爬過草的尖銳邊緣，一路爬一路吃著刀。

法庭的延長令來了。看不到終止的一百八十天。如果妳早點依從，就不用再延長一百八十天了，他們說。

白布在舍監手上微亮，它洗過了，看起來乾乾淨淨。溫馴地鑽進裡頭，把自己從頭罩到腳，它太大了，裹住頭顱，隨著呼吸顫抖。附在身上像另一層皮膚。以後就住在這裡，住在這皮膚裡，要在它裡面醒來，也要在它裡面死去。直到一百八十天。一百八十天之後還有另一個一百八十天。

有一口黑色洞穴把她們的臉孔藏起，每個人後面拖著一抹長長的陰影。長長的陰影也拖曳在她背後，在下巴裡，在胸前，在夜晚，像另一個人橫在自己與別人之間，在兩張床中間有個灰色的人，有一把聲音穿過這空空的軀體跳到床上來。

阿米娜。阿米娜。

再出世一次。

這是幻覺麼？是幻覺，遙隔的歲月與從前。必須有新開始，既然錘子已經落下來了，不會再敲第二次。為何不能接受當阿米娜呢？從前舊的身分於妳又有什麼好處？那樣的過去又給了妳什麼？

白袍在她們身上窸窣作響。鋪開毯子，跪坐下來，一會兒額頭觸地。

傍晚祈禱後，哈密自覺得神清氣爽，坐在廊前啜飲咖啡，舀了一小匙糖。雲層低懸，幾乎觸到屋頂。哈密出神地凝望著那攀援欄杆上翠綠的、捲曲的莖蔓。葉面上反射肥美光澤，使他心中不由讚嘆。一長列水仙花感染黴菌，雖經園丁搶救仍逐漸枯萎了，他雖不無惋惜，卻又感到世界確實如此，阿拉的旨意昭示於每個細節之上，天地之間諸象顯示阿拉無限的慈悲。

萬物皆有其位。

他扭亮廊燈，開始坐在那裡閱讀學生的作業。

他並不記得每個學生的經歷。一個從印尼回來的傢伙，一有機會就想說服別人：只要念念西蒂哈嘉的經文，就可免除地獄之罪。還有幾個年輕的宗教所老師，對可蘭經的詮釋完全錯誤。他不明白人們為何愚蠢至此，滿腦子相信這些根本不可能實現的事。

愚昧的心分辨不出真相。哈密心想，這是多麼地可悲啊。

哈密越讀越感慨。沒有一個故事是新的，歷史一再重複它自身。有這樣一個學生的週記裡寫道：宇宙是阿拉的夢。夢？西蒂自夢中得到啟示，妄言世上除我以外其餘皆為夢的幻影，幻影由「我」而生，而「我」便是阿拉。真是荒謬極了。哈密很詫異這裡竟然也會有人相信此一謬說。既然一切皆為幻影，天堂又以何憑據為真呢？

「他們什麼都不信了，不信神，也不守義務，除了天堂。」哈密在本子上寫，「足見一個沒有信仰的人，比起有真確信仰的人脆弱得多，他們不得不依賴天堂的幻想過活。」

寫完了，又覺得不妥，便劃黑塗掉，修改重寫：「天堂乃是那敬畏阿拉虔誠心靈的歸所。」

月亮昇上來了，一會兒月亮變黑了。

一片黑影籠罩書頁。他抬頭，看見阿米娜，幾乎打翻咖啡。

阿米娜的眼睛嵌在鼻子兩旁，雙睛睜開，但目光渙散。一眼就可看出她睡著了。她的身體活像一艘空船。她正夢遊著，但擱淺了，彷彿感到前方有阻礙，既不往前，也不後退，沒穿衣服，無遮無蔽地佇立眼前。

啊，阿拉。他不由得心裡呼叫真主。

屏息看她，對這具身體困惑不已。

在她的皮膚上，在乳房上端，胸前，腹部，不懂哪裡來的傷痕密如葉脈，暮色湧出，久久棲息欄杆邊，昏暗如天空，靜止如無風。

哈密心跳不已，阿米娜那裸裎的軀體上神祕的傷口使他感到憐憫，他幾乎想伸出手碰觸撒旦，那敵人的稱號驀然掠過腦海，剎那間如警嘯響起。懸崖勒馬，立刻把目光移向桌上的可蘭經。不知道阿米娜夢到了什麼？某個渾沌的想法似乎即將在腦中化為鮮明，但又似有似無如一縷煙霧。啊，阿拉。他又喚了一聲。心裡難受，就把可蘭經取過來，書在掌上吃重，噗地跌落腳邊。

哈密走在前往女宿舍的小徑上，黝黑潮濕的樹枝劃過頭頂上的夜空，難受感如一枚滾燙的硬幣貼在胸口。我過去從不叫異教徒為撒旦。撒旦是撒旦，異教徒是異教徒，他們不是同一回事。然而畢竟還是糊塗了，他想。隨後又自辯，不，我沒輸，只不過是阿米娜的胡言亂語，才使我心煩而已。正如阿拉透過我們說話，撒旦亦時時刻刻伺機利用人。忽而又覺安慰，所幸剛才保住了穆斯林的尊嚴。心裡起了邪念，無異於犯戒。不過，說到底，念頭又是什麼？稍現即逝，來去無痕，又怎知腦袋想過什麼？實際我什麼都沒想，既然根本沒有認真地想，偶爾疑惑，如此而已。每個人應當對裸體保持警醒。他心裡默誦。一個人不應當在洗澡、如廁以及在和妻子行房的時刻以外裸露，也不應該對妻子以外的裸體心動……啊，真主阿拉憐憫。無論如何，心不能做準，行為才是準繩，既然已經把住了自己，戰勝欲望，便值得慶幸。

心是戰場。

晚風吹過，枝葉上的水珠飄落如陣雨，滴入衣領內，涼了脖子。他冷靜下來。見到舍監，整斂神態，簡單交代，兩人便匆匆趕回到教師的宿舍前，但阿米娜已經不在了，也不知遊蕩到何處去，只見長廊上一串泥濘足跡。

舍監激動地說，看啊，這就是本性敗壞的浪蕩女，死性不改，真丟臉。

哈密彎腰把被風吹落的簿子拾起來，簿子飛到階梯下的洞裡去了。人只有一種本性，他說，就是依靠與仰望阿拉。

舍監不再語言，稍後便嘀嘀咕咕地走了。空氣潮濕而風聲嘩嘩，吹亂滿桌的簿子，周遭寂寞如故，他愣坐藤椅上，對著剛剛還在寫著的那一頁，滿紙劃黑與塗改，思潮起伏，竟不知所想為何物。彷彿阿米娜沒真的出現過，而只是一次打盹飄過的夢。

可蘭經封面燙金的字眼在黯淡的光下隱約發亮。

從前和女友幽會之時，也曾小心地把攤開的可蘭經闔上，收進抽屜裡。在他出國留學念宗教所以前，彷彿預知那是最後一次放縱。那個多年前告別的黃昏，窗簾的影子撲落軀體晃動，他們激烈地擁抱，短暫的齒印深陷彼此。此刻那迷宮又飛越漫漫十年，盤踞這張桌子，凌亂的簿子啪啪翻飛。燈光在夜風中搖晃。

他打開可蘭經，忍耐著對往昔的悲傷與懷念，開始祈禱。

漆黑的天空裡似乎有某種值得恆守的純淨。然而，猶如在萬象流逝中尋覓某人，他竟沉痛起來了，是的，就是這樣必須守住啊。沒錯。所要守護的，便是那能抵禦俗世的純淨之心，阿拉所愛的虔誠。

想想看，埋在泥裡腐爛是怎樣發生的。這泥土酸性，不習慣的人沾上了就會有點刺痛。等到用水沖淨後，這些從城市來的女人就會發現濕泥在皮膚上蝕了斑斑紅點，微癢，但微小的不適感一下子就過去，因為她們還年輕，故能快速痊癒，但如果是更老、更老的那些軀體，死亡就會在上頭預先演出它的戲碼。

來了一場大雨，花凋落了，但年輕的花蕾還傲長枝椏上。水流過使大地滋潤。遠望山腰雲霧濃密繚繞，這是潮濕的雨季。孢子隨風降落，繁殖迅速，木頭長著層層疊疊的菇菌。一隻鳥兒朝天仰臥僵死草叢中。青蛙逃走，雄蟬竭力嘶鳴，枯葉孳長白斑，腐爛賜以泥土黑色。風吹送。

新苗從黑泥裡發芽。

女生們在靠近山邊的園子裡拔草，雜草的根莖在地裡蔓延如網。四腳蛇在籬笆邊緣溜過，嚇得她們大呼小叫。無論如何，這樣的時光也偶有快樂的時刻，如果不把這些約束與規矩當成一回事，不把它放在心上，這些被認為品行不良的浪蕩女人，實際上是很懂得自得其樂的。當看守者鬆懈時，她們放肆的笑聲與叫聲在山谷裡迴盪，與鳥啼聲、與樹木的沙沙聲交織成海，傳到宿舍的另一邊，直至在風裡隱沒逝去。

泥土翻鬆過了，蚯蚓避開鐵鍬驚慌地往泥裡鑽。哈密對學生講道理。

如果只是讀讀可蘭經你不會懂，我們需要親身體驗，唯有親自栽種過的人才會領悟：人類很脆弱，阿拉卻有偉大的力量。打從遠古以來就已如此，如非阿拉的旨意，人類什麼都不能獲得。

哈密說。

陽光從後方照來，男宿舍的單層房屋在地上投落大片陰影。他們在那片空地上動手鋤地，施肥，鋪上一層泥，加上報紙，再多一層施肥，再鋪多一層泥，層層疊疊。

那個從印尼回來的男學生，彷彿忘了西蒂哈嘉的經文。那個以為自己刀槍不入的傢伙，此刻竟然老實實鋤地。哈密還以為會看見他倆念咒發功呢。

近山那邊，女生雜七雜八地種了瓜豆蔬菜。在宿舍後方，男生們種香蕉、辣椒和芋頭。哈密蹲在地上把樹苗周圍的泥土拍實，他想起了祖母的葬禮。對學生說，栽種植物與埋葬死人都叫tanam，種籽會發芽開花，人死後就只剩下靈魂，要知道死後能到哪裡，就要看自己短促的一生，所作所為是否阿拉所喜。

天地自然，萬物死而後生。數週以後，這菜園便能有收成。到時候他們就都能獲得新生嗎？這樣就能得救嗎？哈密茫然地想。在結束以前，他一如往常般對學生們循循善誘。一群男生滿手泥漿，彼此視線交流，促狹地偷笑，或者擺張臭臉，根本沒有人認真聽。他不由得煩躁起來，幾乎想要當場罵人，但又忍耐下來。他看看這些有待拯救的迷途之人，憐憫他們，儘管他們鮮明地表現出他們根本不需要他來拯救，但他還是想要仁慈地對待他們。

阿米娜。一個蹲在後方的男生忽然響亮地叫了一聲。

他愣了一會，看那男生眼神兀自發直地望過來，望向他背後，這才回轉身去，只見陽光斜照，宿舍前光影斑駁，走廊空空蕩蕩，並無異樣，樹影搖晃，麻雀在風中滑過，肥大的葉片起伏如浪翻飛萬狀。他的視線上上下下探視一會，一會兒他意識到自己在往這繁複的世界裡尋找阿米娜，那讓人憐憫的阿米娜，她有滿身的傷口。他出神地望著，這片熟悉的風景之中，熟悉而又異常的某物蟄伏在草叢花樹之間，在陰影裡，無止盡地睡在天空底下，靜默剎那籠罩四周。

他感到阿拉的仁慈與肅穆的盡美確實就在其中，降落於萬事萬物，而聖潔與墮落就在一線之間。他希望一切都是無邪的，一種說不出為何而來的思念，渴望，如水在胸中晃蕩，幾乎溢出。

他想說，但無人可言，無處可表，於是寂寞地回身看著眼前蹲在菜園中迷途的人，他看見，這些各個年齡與背景的學生，每雙眼睛都在搜尋那傳說中裸體的阿米娜。

到了這地步，那些荒謬的說法傳得更盛了。沒有人能解釋夢遊者解脫捆綁的神祕能力。在廚房裡，打掃的阿嬸與部分學生群中，有些人相信這樣的看法，緊張的，害怕的，興奮的，但說了幾句就噤聲，深怕語言會召來邪靈，然而，在幽微的恐懼中，這話散播得更快，彷彿是觸發人們更加充滿渴欲地去聆聽與編造。在執事與老師們的會議中，他們也注意到了這信仰毀損的問題。他們幾乎不能也無法完全將之排斥於外，因為這類迷信的想法在馬來人鄉間與傳統習俗中留有殘餘，而且深入人心，無法將之撲滅，數不清有多少人奉行此道以紓解焦慮。於是他們便開會討論，整整一週，毫無結論，從可蘭經裡搜句解讀，竟意見分歧，看樣子再討論下去，大家的信心和團結也恐怕搖搖欲墜起來。為免誤解，他們最後只好決議等院長休假回來再說。向來被認為是值得期待的年輕教師哈密，意興闌珊，一言不發地從會議中拂袖而去。

阿米娜回來了。彷彿走了很遠很累似的，一回來就沉沉睡著了。一連數週沒聽見任何異動，舍監不敢相信阿米娜的鬧劇就這樣落幕了。

一連幾夜，舍監仍然在凌晨醒來。總是睡不著，聽見屋頂正沙沙地下著雨。雨水滴滴答答地打在樹葉上，弄濕了窗子，四周變得非常寂靜。迷糊間她看見幾團黑影圍著阿米娜的空床鋪鬼鬼祟祟，立刻清醒，不動聲色地躡足走過去，發現從北部來的三姐妹，又來那套驅邪治病的儀式了。她們盤腿坐在床邊，對著手掌吐痰，一邊呵氣一邊喃喃有詞，隔一會兒又對手掌吹氣，細聲念經。

舍監用壓得低低的聲音斥責她們，起初她竭力想使自己顯得和藹可親，但那群女人執迷不悟，依然在重複那些凌空曼妙的動作。她不由得火氣往上飆，從胸膛裡頭逼出尖硬的聲音來。

這聲音並未能阻止那三個女人。此時舍監才發現她們都迷醉在另一個世界裡：她們的眼睛睜開，但什麼也沒看見。不斷重複在空中劃圈子，揮手，收回，吐口水，喃喃有詞，吹氣，再往外伸展張開，劃圈子，彷彿著魔。

舍監倒抽一口寒氣，毛骨悚然。她們全都中邪了，這想法立時閃現腦中。她環顧四周，赫然發現有幾張床鋪空了，除了那三姐妹的床位之外，還有好幾個人也不見了，幾條被單拖曳在地板上。她倒退幾步，既失望又恐懼，須臾悄悄地開門退出。

天哪，阿拉保佑。

她奔進雨夜裡，舉頭四望只見垂淚的天空與樹。樹貫穿黑夜深處，蟲鳴蟋蟀與貓頭鷹的叫聲交織成迷宮之網，如細碎低語自隱蔽地穴冒出。她心裡哆嗦。撐著雨傘在潮濕的小徑上徘徊，感到腳趾潮濕而冰涼，肩膀與背後也被傘緣底下的雨水弄濕了。她穿過街燈下一圈又一圈的光，快步越過暗影地帶，朝向大門前的警衛亭小步跑去。

她用指關節急促地敲擊檯面。

看守人一如往常那樣枯坐玻璃後面。

不見了。她說。跑掉啦——。

什麼？他問。

我不知道，怎麼辦，她急促地說，全都中邪了——。

警衛並沒有如她預期般有太大的反應，甚至連呵欠也沒，只是茫然地望著她。

舍監渾身一顫，退後幾步，警衛眼神沉沉，怪異地瞅著她。他古怪的表情使她覺得不安，她不知道這是為什麼，玻璃上那些細碎的對外通話的圓形洞口，使得他的口鼻看來模糊不清。

她失措地回返到路上徘徊。貓在院落裡嗚叫。偶爾聽見堅硬的果子啪地一聲掉在乾燥的屋簷上，瞬響即滅。枯葉落下，靜默如逝。這是出奇漆黑的夜晚，月如指甲一彎弧光，她坐在木樓梯上，背對著一長列狹窄的門，她知道門後傳來的是怎樣的聲音，那些還留在裡頭的女孩子們，她們經常躺在床上發出夢囈與磨牙聲，響徹整夜，在你半夜醒來時就聽得雞皮疙瘩，她不願再聽。在階梯之前，鋪上水泥的空地，風正捲動地上的枯葉，枯葉清脆地刮過地面。

她疲倦地閉上眼睛。

好一會兒才睜開。

眼瞼乾澀得幾乎可以聽見眨動聲。雨傘仍舊抓在手上，傘是乾燥的。水泥地上無雨。寒意一波波地從頭頂降落至腳底。她想站起來，屁股和兩腿麻痺得無法動彈，彷彿已經斜依欄杆上有幾個小時而不是一下子，肩膀痠痛，脖子僵硬。她觸摸自己的頭巾，它是那樣輕柔光滑。她從來不曾穿過。

阿米娜。她想。那個總是夢遊的阿米娜，她的身體像被什麼東西從衣服中吸走逃遁離去，衣服剝落在臥室的地板上。

風不知打哪兒吹來。滿天的星星像要落下。她在風中冷得哆嗦，忍耐著，不想起來，實際上也不能，除了坐在梯階上，等待久坐的麻痺感退去。

彎月傾斜，漸漸落至山後，她看著，心下明白，此刻正是天亮之前最暗的時刻。

除了院內的幾盞街燈、守衛室與教堂點綴的稀疏亮光之外，四野漆黑茫茫，再過一會，回教堂的早禱就會響起。它將會強大地淹沒山中不知名的萬獸與蟲鳴奏曲，純淨神聖地響徹這片河流上游內陸深處的密林之地。

試圖默誦可蘭經的句子，可是她不記得別的，除了腦海中的這一句：虔誠的心靈如水流過滋潤大地。沒有下一句了。月影很黯。她看著地面。黑色的地面彷彿深不見底。

風/吹/過/了/
黃/梨/葉/與/
雞/蛋/花

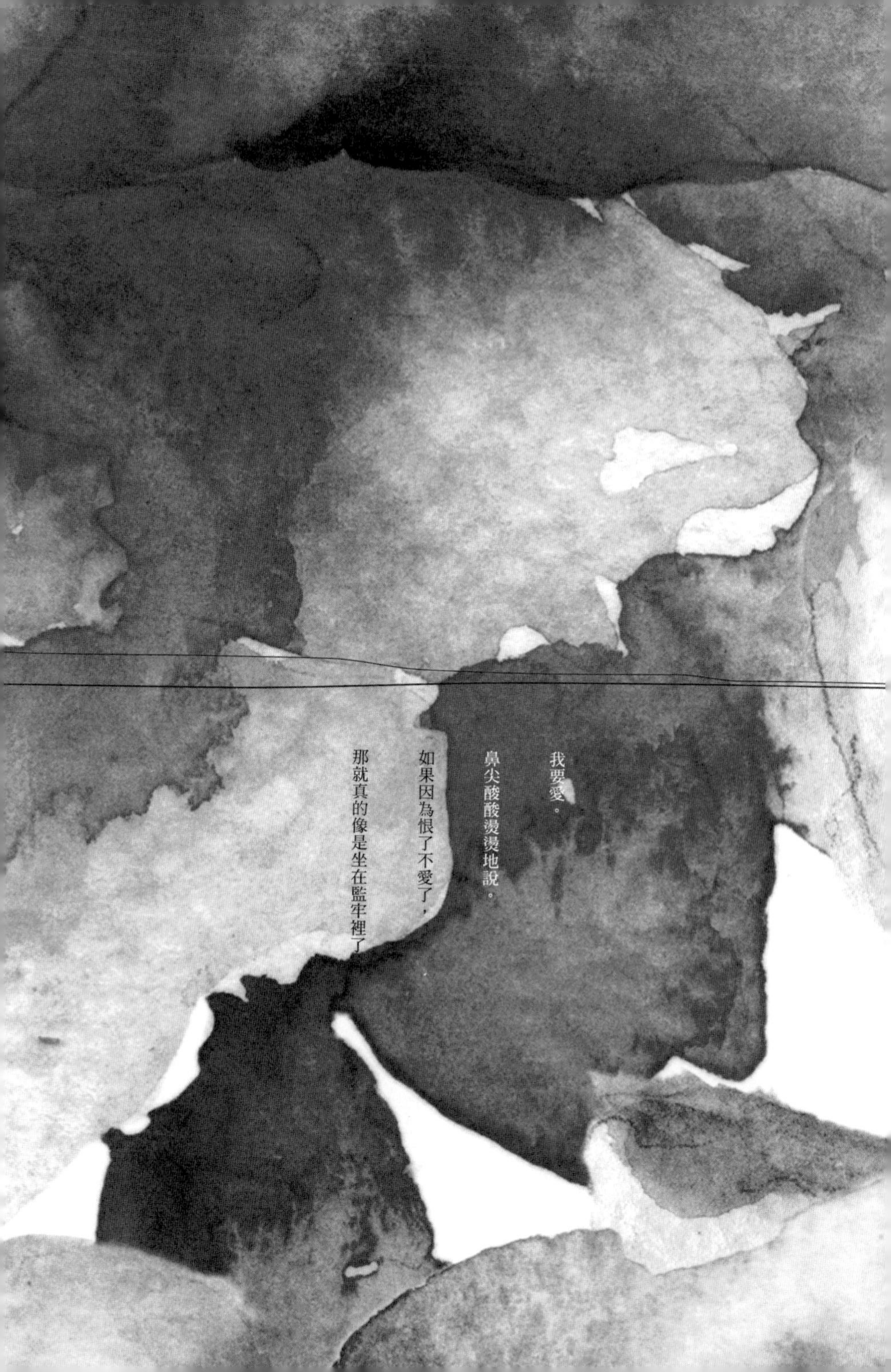

我要愛。

鼻尖酸酸燙燙地說。

如果因為恨了不愛了，

那就真的像是坐在監牢裡了。

燈泡在屋簷下搖晃。

一個念頭浮上來，使我心頭撲撲地跳，我很想叫阿米娜逃跑。但她的腦袋好像還倒掛在別的地方。腦子裡有沙往頭頂流去。一個像青蛙那樣的人（姑且稱之為棲）出現了。但首先必須讓棲逆著沙漏往上游，才能使阿米娜意識到棲的存在。莎依瑪就在這時候挨近來，阿米娜喝著澀咖啡。一個兩棲人出現。凌晨的夢。阿米娜不記得剩下的了。她打開房門，看見一雙有蹼的腳。

莎依瑪想跟她做朋友，便把簿子拿給她看。當我幫莎依瑪把書塞進阿米娜手中時，阿米娜還沒回神過來。她一頁一頁地翻著，字沙沙地往眼角流逝，流進午後大雨嘩嘩蒼白的光裡。

依瑪好想念阿母、阿爸和弟弟們，阿母什麼時候才來找依瑪呢。現在有很多新人也加進來了。阿母，依瑪希望阿母別生氣也別嚇一跳。依瑪有事情想商量。依瑪想結婚了。就算以後要再念下去也沒有辦法了，都已經停學了。

桌腳旁有一隻死青蛙。當阿米娜看到牠時，牠已經被壓成漿了，青蛙比一枚花瓣還小，也許才剛出世不久，一隻前肢扁扁地貼在黑黑的地板上。好像臨死前已經抓到了什麼。死了的蹼顯得又扁又黯，特別巨大。

阿米娜看著莎依瑪。莎依瑪比她還小上兩歲。

妳真的要結婚了？阿米娜問。

莎依瑪害羞地說，不是的，依瑪只是說說，愛達回家了。前天愛達的父母來籬笆前面喊，說幫愛達申請結婚了，還把證書拿給羅妮姐看，結果愛達就可以回去了。依瑪也想回家。

阿米娜看著依瑪。莎依瑪比她還小上兩歲。莎依瑪一手托著腹部，另一手撐著自己的腰。莎依瑪是四個月前進來的，當時看起來只是微胖。她父母把她丟在這裡就沒再來過。幾個月內她的身體就像煲好的飯那樣迅速膨脹起來。昨天舍監帶她去做檢查，護士說，檢測結果是陰性。舍監在診療所裡像瘋了一樣叫，不可能，不可能！錯了錯了，一定是錯了。

莎依瑪是不是該嫁人了，她想嫁給誰呢。肯定不是那個強姦她的警察，依瑪罵他死雜種。莎依瑪有時候晚上一個人哭得發瘋，有時候恨得拚命拔自己的頭髮。可是當她聽見歌聲時，她會慢慢停止啜泣靜下來。於是阿米娜又想想自己。她已經在這裡待了四個月。哈芝節的前一天，新的庭令來了，要她再多待四個月。四個月。阿米娜數一數，一百一十二天，兩千六百八十八個小時。水溝雨聲撲嚕撲嚕。她跑去了停車場。

回來，舍監喊。

等人，她說。

沒有人來，舍監喊，又不是星期六。

每隔兩週，阿米娜在停車場裡和母親見面。母親到現在還沒能把她弄出去，找人結婚是個好辦法，沒有比一個回教丈夫更能確保阿米娜繼續信阿拉了。但是如果願意，阿米娜早就不是問題了。阿米娜不會想嫁給別人。她寧可去死。

棲從流沙浮上來，剛好抓著了莎依瑪的字。阿米娜看到別人都在這裡哪裡給莎依瑪寫上一籮籮好話，給親愛的依瑪，生活要常保歡心。大大小小的生日快樂，寫了好幾頁。寫字的人好像是用塑膠尺中間的字母空框來畫字，字看起來一模一樣。阿米娜感到困惑起來。阿米娜想，如果沒有人寫給依瑪，依瑪就會寫給自己。

直到某一頁，阿米娜看見藍色的墨水變成了凌亂的筆劃，尖尖地劃過書本中央的釘子。我恨，我恨我笨，為何要聽從那個爛警察。為什麼。也許我擔心他會對家人怎麼樣。偉大的阿拉，請把我的痛苦都帶走吧。

阿米娜感到胸口像給緊緊地箝住。眼睛又濛了。好像天根本就沒有亮過。無論怎麼洗，窗欞中間都有一層灰。有蹼的腳貼著牆邊無聲無息地滑過。有蹼的手像一團霧沒能給阿米娜指出方向。霧氣滲透了窗，沒入地板，阿米娜看見霧侵吞了膝蓋和桌腳，侵吞了那隻死青蛙。

涼了的咖啡擱在桌上。女生下午茶的時間就快結束了。這些日子我們都不願再看鐘。手指比眼睛還要明白。當咖啡開始變涼，男生就要進來了。

男生坐在西邊，女生坐在東邊。男生從西邊的門出入，女生從東邊的門出入。我和阿米娜的眼睛不曾望過西邊。十七歲的祖奈達總在中間磨磨蹭蹭。她的頭巾垂在胸前，尖尖地掩住了心口。

風把一本趴在地上的簿子啪啪地掀開。

本來已經夠薄的簿子，大概有一半給莎依瑪自己撕下來了。剩下的也東脫西掉。她的字體歪歪斜斜的，非常難看。是的，莎依瑪不愛讀書，阿米娜和我也不愛。比起這裡，學校其實也沒有多好，只不過是為了想見溪，一起坐在黑暗中說話。天還未亮，沒有燈，我們說了兩年，什麼也沒說到。有些事情我想知道，有些事情我說不出口，而有些話我完全不想聽到。

這些年我真想拉馬桶把阿米娜沖掉。

螞蟻扛走了碎屑，沿著桌腳往下爬。牠們的眼睛是否也察覺水平線的轉換？一條路筆直地從頭頂伸出來。阿米娜又感到沙子重重地往頭頂上方流去。脖子彎彎。一隻指蹼正費力地撥開沙子，就像準備在地裡種一棵菜。

雨把每個人都囚在室內。戶外活動暫停了，誰都不能出去，幾乎什麼都不能做，除了念經，除了在一堆卡片上抄寫經文，再用膠紙貼到牆上去，卡片多到連牆壁都快看不見。除了把地板和窗口抹了又抹。除了看一些教條影片，比如《瑪麗亞的正義》或者《泰南鬥爭紀念日》。到了晚上女孩子就伏在床上，在他們發下來的筆記簿上塗塗寫寫。

起初阿米娜一字不寫，她的頭腦已經完全嵌入枕頭裡。她不相信簿子裡那些熱烈的友情，畢竟誰都不願再記得這個鬼地方。每次有人離開，用過的簿子就被留下來，跟一堆空罐子、塑膠瓶和塑膠袋一起，亂糟糟地，亂塞亂扔。雨水打濕，墨水糊開了。

阿米娜不知為何舍監還要把它們收起來。一本一本，疊在圖書館沙發後面的櫃子上。

不知道有沒有人會讀。不知道烏斯達茲會不會真心地幫忙禱告。或許只有萬能的阿拉才會知道：到底是誰的眼睛在真誠地看。據說這座山谷是暫時的，他們還在找另一塊地以便興建更大更美的信仰之家。我們會離開，他們也會。無論是誰，遲早都會把這座山谷拋在腦後，把整個長長的雨季留在這裡，大踏步走下這條馬糞與泥濘糊成一片的斜坡路，頭也不回地離開。

風在路上打轉。

這馬瞎了。我對阿米娜說。光太亮了，亮得牠什麼都看不見。

手在燭火前面撮起來。橫砌的木板上，有一匹手影在空無一物的光裡奔跑。不一會兒就跑到了盡頭。牠的眼睛是一顆洞。給燭光照亮的手掌看起來很白，影子很黑，大片大片地吞沒牆角。

牠跑進了一個很深很深的地方。阿米娜說。她的眼睛還追蹤在影子後面。馬只有頭和頸項，所以看不出有撒足奔跑的樣子。

妳聽到嗎？我問。

聽到什麼？

馬蹄聲。

當我們上來時，我們都曾經見過那些馬，暮雨使牠們幾乎隱形了。有一隻馬在草場上跑，頭沒有揚起來，脖子是彎的，灰色的雲都堆到了地上，馬好像給囚禁在雨中。

如果在晚上，你便會看見牠們站著睡，司機說，根本不用綁，牠們就乖乖地站在圍欄裡，這些都是好馬。

車子繞過小徑上山，來到柵欄前，其中一個看守人下車去把籬笆門打開。門很重，生鏽的尖角刺耳地刮過路面。此時似乎可以開門逃走，但我們仍像死人般坐在車上，因為身邊還有另一個人，她緊抓阿米娜的臂膀，那手腕堅如鐵箍。

車子穿過柵欄，經過養馬場往山上爬去。在這條路上，車輪胎得輾過成堆馬糞才來到信仰之家的鐵閘門前。這些好馬每天一早給主人趕著上山，繞過了鐵閘門還往更高的山頂跑去。你可以聽出馬蹄聲消失的方向，沿著灌木叢林與布滿石頭的山徑一路往上，好像高處有一場歡樂的打鼓盛會，噠噠、噠噠，短促而響亮地消失在後山。

牠們都睡了，這個時間不會跑出來。

我說，有的，妳太相信司機講的話。馬還在外面，的噠的噠的噠。

那大概是隻壞馬，阿米娜說，不然就是瞎馬，分不清白天晚上。

風在腦子裡打轉。

sementara（暫時）

到底暫時該有多長？到底超過了多久就不能算是暫時的？時間像硬幣。醒了，睡了，再醒，沒意思，我說。有意思，老師說。

神的愛就是規律。一位烏斯達茲說。

對神的愛，要為神所悅。另一位烏斯達茲說。如果自由只不過是為了滿足低等的欲望（nafsu），那就放棄這種敗德的自由。

風吹過了祖父的墳墓，在黃梨葉子上顫動。

Nama（名字）

在天花板與牆壁之間，有一條摺疊的線。房子好像已被拆過了再裝回，好像根本不是同一間屋子。

有這樣的遊戲。念一個人的名字。跟別人對調了名字。不要留戀原來的名字。如果別人叫了你新的名字，你沒回應，又或者別人叫了你原來的名字，你竟錯誤地回應了，立刻就得「死」。這遊戲沒有給人第二次機會，死了就是死了，立刻淘汰。

妳要接受阿米娜這個名字，烏斯達茲說，這是忠心的意思。

牆上滾著鐵絲捲。錘子已經敲下來，把四月敲出一道長長的裂口。有一把聲音從外頭喊：

阿米娜，阿米娜。

再出世一次。

一隻手從我腦子穿過。清晨五點警鈴響起。播音器放送的禱告聲浩大滾過天空。聲音如巨鐘從我背後罩落。我順著它彎進了阿米娜的毯子裡。

風把嚷叫聲千百里送到鵝嘜河邊去。

我拖著阿米娜走來走去，像拖著一把沉重的鐵錘。我想打爛四周但提不起力氣。一叢目光滑過來，我站在院子中間像個瘋婆那樣罵，看什麼看！妳他媽的又不是沒有雞歪。

最初我的手肘堅硬得像石頭。誰也別想叫我的脖子彎曲。也許有人在我背後嚼舌根，也許沒有。也許她們會說，阿米娜，比瑪麗亞還要可憐。說吧，說吧。啜著憐憫，也許這些句子會使她們好過。

窗簾沉沉。鐵絲上的毛巾在滴水。門邊的柱子發黑了。瑪麗亞的名字像矛一樣尖尖地擲到我前面來。七〇年代。一個白人女孩，有兩家人在搶。養父母是回教徒而親生父母是天主教徒。案子在荷蘭也在新加坡開審。草薦分成兩大張，男的一張，女的一張。電視的光映得每張臉忽明忽暗。吶喊都是配音的。他們流淚訴說著委屈，因為愛和尊嚴就快被奪走。旁白的聲音滾沸，好像這裡頭是個熱烘烘的爐子，不只燒在過去，到現在也還在火上熬滾。

瑪麗亞這名字像矛一樣尖尖地擲過來，利得幾乎可以削掉腳趾。也許已經削掉了。我有一種自己好像消失了的感覺，好像腳不再是自己的。在我背後，別人也許正在一句一句地吐瓜子殼：阿米娜比瑪麗亞還要破碎，只有阿拉的偉大才能使她完整。也許瑪麗亞的故事只說出了一半。既然我的故事也只剩下一半。

風把門吹得磕磕碰碰地響。

hari depan（以後）

阿米娜寫。我看住她寫。我挨著她，我又來了，從地板沿著她長長的罩袍往上攀。時鐘的發條擰過。滴滴答答。沙子沉沉地流。又一天。又一週。是昨天也是明天。阿米娜只會寫一些單字。這不是我習慣的字。但大家都認為這將會跟著她一生。誰曉得，漫長的一生是多少年。漫長的一生該要披著罩袍面紗，或是披頭散髮地過。漫長的一生該要不斷地自由奮發，或者看穿這自由也不過是另一個幻影。漫長的一生是否要一直換著水平線逸走。漫長的雨季裡我們一同無聊地注視著螢幕四方形的光：草萋萋的無限之域，弱肉強食的非洲荒野，一條蛇吞噬餵進籠裡的雞。一隻鹿疾逃如風，南半球的群雁北飛遷移，雁聲漸漸遠去。阿米娜睜著眼睛看，一個無需言語的遼闊世界，幾乎無人涉足，如果能夠，阿米娜寫：那便是重生的彼岸。

阿米娜半閉著眼睛抄。

綠色的板上有白色粉筆寫的字，爪夷字都彎彎地捲起來。句子很短，而時間很長，好像時間都不流了，永恆就永遠地淤塞在這裡。今天講的是小罪惡。昨天講的是大罪惡。在阿米娜的簿子裡，罪惡們給扯得零零落落，像一大把拔起的含羞草，兩手一痛就往畚箕裡扔。時間像個手推車骨碌碌地輾過鬆軟的泥巴，往斜坡滾下去。

可蘭經的聲音把嘴們都縫綴起來，他們犯罪地念錯音節。犯罪地偷偷漏過幾頁。犯罪地說謊。犯罪地輕捏另一個人的掌心，犯罪地把別人的頭髮搓到自己的膝蓋上。犯禁的氣味在唇上蕩漾，嘴角深深陷落成兩顆尖尖小小的洞穴。

全都是大的，像螞蟻扛著的碎屑一樣大。

muram（憂鬱）

風把雨吹得傾斜，把衣服吹得傾斜。衣服幾乎不可能晾乾。

在哈芝節的前一天，大家都回去了。獨剩阿米娜。每個小時，舍監的眼睛就像鉗子一樣到處找她，阿米娜空得很難受，好像吞下一碗石頭。一顆有很多刺的果子。有一棟空洞的房間堅實實地穿過了肺、心臟和胃口。於是，哈芝節那天，從清晨五點鐘鈴聲鳴叫開始，她把自己擴散得和整個院子一樣大，或者更正確地說，那一整天，她一路走一路散開。頭顱裂成四瓣，一片睡在枕頭上，一片掉在洗臉盆裡，一片忘在電視機前，一片給留在針車上面。舌頭留在杯子裡。腳趾搭在門檻上。手肘撐在餐桌邊。嘴巴放進鉛筆盒，扁扁地蓋上。眼睛擱在玻璃窗後。手指卡在門閂中間。膝蓋捲曲，從籬笆跌下來。胸肋落入鮮花叢中。無法更遠了。外邊離手指還有百步之遙。遍地都是阿米娜。

等阿米娜一覺醒來便會覺得這一切是夢。夢和幻想的分別是，後者可能帶有欺騙的成分而前者沒有。哈芝節那天晚上，棲給扔到了圍牆邊。夜裡醒來，樹林嘩嘩地響。有些聲音有名字：貓頭鷹、窗戶、水桶、枝葉、風。但有些沒有名字。你驚懼地聽，卻不知這些聲響是否真存於世上。

好比這樣的一把聲音，它聽起來像馬：的噠的噠的噠。它在心頭上踱步，好像穿過圍牆走進來。

我首先夢見棲。棲的手指中間有皮。那皮很軟，割的時候很痛，但無法徹底取消，割完後又疤痕累累地長回來。棲的蹼輕輕地拍在口琴後面，像一面扇子。那是一支不成調的曲子，中間夾著一塊硬硬的痂皮，厚厚地，沉沉地，在曲子裡打著節拍。咯噠咯噠咯噠咯噠。

風扯直了頭髮，使夾克的口袋鼓脹。

bahagia（幸福）

親愛的哥你好嗎？吃飽了嗎？喝水了嗎？身體健康嗎？哥有想念我嗎？

這字體又瘦又長，和前面的不同。簿子裡有好幾頁。莎依瑪有男朋友嗎？莎依瑪沒有。不是莎依瑪寫的。整個長長的雨季裡，女孩們都在寫著思念，但能夠讀到的總是毫無干涉的某人。當別人翻簿子時，她們就害羞地轉身朝向牆壁，彷彿牆壁能撫平激動。雨在牆外下著。不知道要寫什麼的時候，筆尖就抄著歌詞。

如果從來沒有愛過，就好像從來不曾存在過。如果上蒼能夠瞭解，請把我的心意化成雨落下，滋潤大地。

張美蘭收。

七月裡，母親給我帶來一封信。溪的信件開頭這麼寫，美蘭，妳還好嗎。

雨停了兩週。世界幾成透明，山壁好像都往後退。我像衝進一大團斑斕的光裡，想要張開嘴巴對風叫嚷，聲音給高而遠的天空吸走。想像馬一樣奔跑。但那不是讓我奔跑的時間。男孩們在草場上踢球。此刻草場是屬於他們的。此刻我們是屬於菜園的。

只要輕輕一跳就可以倒掛在樹上。搖晃，搖晃，頭腦裡有一朵剛種的水仙怒放。啊，啊。枝椏中間長出了藍色。我的腳趾飛躍，跳得像瘋子。

不只是名字的緣故。

七月過去了，八月山谷再度潮濕起來。阿米娜在停車場上昂頭看雨。雨像針一樣從高空降落，直到集體粉碎才嘩然巨響。懷孕的母貓拖著肚子沉甸甸地走，可憐。這樣的天氣真是無聊萬分。

這樣無聊萬分的天氣，等待的人沒來，阿米娜感到頭裡的沙子都斜滯到一邊去了。那以後很久都沒有恢復過，阿米娜伏在枕頭上，一筆一劃，一字一字地寫，最初每句啜著可憐可憐可憐可憐都快寫不下去了。兩支蠟燭，把阿米娜投出兩個影子。我們為什麼那麼奇怪呢。她咬著我的指甲，老半天一直看著牆壁。蜘蛛爬過阿米娜茫然的目光，好像爬在墓碑上。哈芝節過後的第三天，清晨五點鐘，當風把門推開，棲就進來了。

在毯子前面，我們倆第一次同時看到棲。額頭觸地之後，我們抬起頭來，同時看見眼前地板上那串潮濕泥濘的足跡，以及棲那雙長蹼的腳。棲就像是上蒼應允我們祈禱的禮物似的。棲看起來骨節嶙峋，乾燥瘦癟，鱗片都快大過了身體，好像一隻剛從沙漠回來的青蛙。棲為何長得那麼奇怪呢，背對燭光，我們注視棲隱沒之處，像注視著一面暗掉的鏡子。這問題像蛙卵一樣藏在沙漏裡：是誰把棲生成這個樣子呢。明白到這就是我跟阿米娜召喚出來的答案，我們心情起伏，不知所措。茫然地度過昨天大前天直到——時間像壓縮機把一切輾平成卡片似的飛逝沒入無垠黑暗。阿米娜和我寧可相信，棲是從天上掉下來的，就如雨從高空落下，想想看它的路途有多遠。

風把雨傘吹走。雨傘翻著筋斗飛過草，滾到圍牆邊。

lari（逃跑）

很難分辨，這個故事到底是我寫的，還是阿米娜寫的。有時候我幫她編故事，有時候她想糾正我的說法。更多時候我們分不清這些句子到底是哪個人的念頭，就像棲的來源，棲的祖先來源何方已不可考。反正最初應該是落到水上（因為海實在太大了），然後才慢慢移到陸地去。祖先沿著海岸線，一直走一直走，一個沼澤、一個沼澤地搬遷。所有的沼澤都善於吞噬腳印和名字……。

這似乎未免太過浪漫。也許我們對棲的想像都不對，畢竟我們以前都沒真的想過兩棲人。別說棲，就連阿米娜，我也是極不願去想的。最荒謬的莫過於，我竟然一度幻想棲是我們的守護使者。儘管我已經從烏斯達茲那裡知道，守護者是西方的概念，可蘭經是不屑的，還有人說，天使乃是阿拉的僕人，故和我們的蹼人也沾不上邊。然而我還是無法遏制地幻想，兩棲人就睡在我們身旁，帶著牠嶙峋的鱗片，一枚枚硬化的痂皮。這夢挨著我們，潮濕而冰涼。

無疑孤獨是產生這些幻想的根本原因，實際上棲又瘦又小。在我的幻想中，棲卻又高大又健康。我總是不自覺地靠幻想來舔舐傷口，不管是在晴朗的日子，還是在雨季，幻想沒完沒了，既然孤獨是不能消失的。或許你會說，孤獨也可使一個人變得堅強。然而這畢竟是不會終止的迴轉木馬。孤獨，疲弱，幻想，幻滅。當幻想不勝負荷時，妳終於發現現實為何，幻想煙消雲散，於是妳別無選擇，忍耐孤獨直至妳習慣它，然而這從來沒有真正痊癒，等到脆弱來襲時，一切便又再度重複……靠著如此反覆重來的考驗，這般堅忍是否就會使人變得強大？如果我信仰神，那我無需再獨力扛這問題。然而如果我選擇不信神，那孤獨就是我自己的石頭。那麼可憐呢？一條乞討的老狗？我覺得可憐是當一個人根本不敢去問。妳不知道該怎麼問，寧可站得遠遠的，寧可相信自己安慰自己的話。說起來，我真的是不太想講阿米娜的故事，她總是讓我覺得可憐兮兮，但有些事不是妳說不要就能不要的。在這個故事裡，阿米娜比我所知的要更溫馴得多。無論如何，我是善於逃跑而不是善於反抗的。為了逃跑，我的眼光逐漸往外移，投落到其他地方去，盯著前面那盞不再亮的日光燈，這道灰色的粗線看起來就像牆壁上的褶縫。當我在自問自答時，阿米娜不見了，棲也化作一道縫隙遁去，也許棲回到水的下方去了。我給棲想了一個這樣的窩：四周只有螢火蟲微弱的光，暗漆漆的河水浸透長苔的石頭，窟窿上的漩渦汩汩拍打棲的耳朵，汩汩地，汩汩地，漸至遠去……就像當年逃避敵人的祖先那樣，棲沉沉地跌進祖先徬徨的夢鄉。

落到地上的祖先非常恐懼，他用上了一把刀。他在田邊看見一隻長角的龐然大物，兇猛地朝他衝過來。他沿著田野的泥路奔跑，死了牛的村人揮著鋤頭與鐮刀在後頭追。田野遼闊無可遮蔽，他驚惶地尋找庇護。他拚命逃，最後逃進了皇宮。在花園裡，蘇丹正在散步。蘇丹看見了棲的祖先狼狽的樣子，也看見了後面憤怒的人群，於是他說，讓我來保護你吧，不過你要來做我的孩子。

棲在石頭上的汩汩流水聲中睡著，一如多年以前，每晚必須潛入河裡逃避敵人追捕的祖先。在棲的夢裡祖先依然在發足狂奔。他的兩腳張開，輕輕一躍就飛起來，懸在過去與未來之間，一邊對他來說似乎很亮而另一邊很暗，世界像煙一樣繚繞，時間如暮霧。他的包袱掉了。腳上的蹼張開如雨中之傘。他的身體就像在跳舞，輕得像紙一樣，像泡沫一樣，像回聲一樣。

剛出世的青蛙跳在路上，不比一滴雨更大。路都接得歪歪斜斜。踮起鞋尖，跨過一灘積水。長長的裙襬上上下下地提起又散落，白色的是襪子，黑色的是鞋子。

風越過路人的噠的噠的腳步。

有兩個人跑掉了。宿舍裡的女孩們都在說。她們的聲音在洗臉盆與毛巾之間走來走去，在鏡子前面磨磨蹭蹭。燈泡壞了很久，整整三個月了。大家看著燭光。舍監們晚上不睡這裡。才十點鐘，籬笆門就鎖上了。

他們找了整天，東南西北地往每條路找。

逃走其實不難。爬籬笆門也不難。難的是要跑去哪裡。

麥當勞，KFC①，一個女孩說，隨便哪一家，餓不死人的。

我聳聳阿米娜的肩，阿米娜。我喚她。搔搔她的心口。

阿米娜低頭看著腳尖，好像我住在她的腳尖上。他們容易，我很難。她說。他們容易因為他們是自願進來的，但我不是。那幾個人找不到，也就算了。我要是不見了，全國的警察和電視就會吵。

阿米娜的手在燭光前捲起來。她的馬幾乎是瞎的，光太亮了，迎著光海，什麼都看不到。棲帶蹼的手夾在我們中間。棲玩的手影沒有眼睛，所以棲的手影很不像樣。手影多數都有眼睛，起碼要有一顆給光刺穿的洞。看著牆壁。有一片影子模糊地飛，很難說它是什麼。棲的手影總是閉著眼，在光裡驚懼地跑過。有時候我很清楚，棲不是我們的守護者，或許棲對我們而言頗接近圖騰，但喻成圖騰也不對。如同我先前所說，棲是真實的，棲跟我們很親密，儘管他像個不能見光的幽靈。而且夢見棲的不只我和阿米娜。棲如果不是集體的瞎盲，就是眼中的砂子。棲也像一棟我們共同棲身的房子，我們要走的道路，我們的毯子、行李和衣服。棲的聲音低低沙啞的，直接從我的腦海流進阿米娜的腦海裡：以後妳要有足夠的機伶。妳將不會完全自由，但是也可以有點自由。

當然也要有點好運氣。

棲給的很少。就只有這些。

風俯瞰整座城市的山巔。

棲逃跑的時候活像衝出自己的腹部。棲的衣服像網。棲逃出了夢，活生生地在街上晃，活生生地穿過禁止進入的門，做被禁止做的事。棲有兩張臉，這兩張臉救了棲。

據說這裡的地原本屬於軍營。在圍牆的一邊總是冒出槍聲，哪怕雨季裡他們也在練習。兵士的喝聲從山林傳來。我想像那靴子上的泥漿。那些抵著太陽穴的手指。

長蹼的腳能不能躍過這樣高的圍牆。阿米娜不知道。阿米娜看見一雙長蹼的腳，兩腳懸在空中，輕輕一躍就飛起來，趾蹼張開。

懸在空中久久才落下來。

樹梢上長出了貓頭鷹。牠飛走時不叫。

一條大水溝，蔥蘢覆蓋的小徑。對面的籬笆只有一層鐵絲網。鐵絲網後面有一條小徑。往

①除了「KFC」之外，文中所有的羅馬字母詞彙都是馬來語。

左是山裡的軍營，往右是通向下山的大馬路。大路邊有個車站，你可以搭黃色小巴直抵首都的北站，那裡每條街的快餐店都貼著待聘的廣告。

我不管別人說我什麼，他們並不知道我在想什麼。我才不管別人說我是什麼人，阿米娜憤怒地在簿子上寫。我是我。

首先妳得自由。鼻尖說。憤怒撐不了多久，鼻腔就塞著了，好像給拋進海裡，鹹死了心臟、肺和胃口。簿子翻折起來，給手肘和胸膛壓得燙燙濕濕皺皺的。棲的蹼一下一下地拍著口琴，棲的口風琴在胸腔底下吹送。有些顫抖，把腮葉涼涼地掀翻。

我要愛。鼻尖酸酸燙燙地說。如果因為恨了不愛了，那就真的像是坐在監牢裡了。

風吹過了鳳仙花。

孩子要出世了。莎依瑪說，他在裡面踢我。

沒有哪隻手可以捏造出人的影子。從來沒有人能夠。不可捏造一個人。這專利當屬於神。只要站起來就能看見。蠟燭把人的影子放大了。風吹動時，阿米娜好像看見棲在牆上跳起舞來。後面的女孩在唱歌。聲音起初低低沉沉，歌只有一支。

夜幕低垂的夜晚只有我孤獨一人，請給我時間，待我洗脫罪孽便可以回歸，寂靜的夜裡我獨自洗淨自己，好讓我欲望的心再度恢復光亮。

偶而忘記了歌詞她們就用笑聲應付過去，笑完了又再繼續唱。你為什麼總像雲霧的影子，我為何又總像覓餌的魚。空氣又濕又悶，門窗只開了一點，因為如果風太大蠟燭就會熄滅，用手護著，免得給風吹熄。既然季候風已經過去，不要在海邊空等待。不要把希望寄託在夢中，因為等夢醒來便成一場空。蠟燭的影子在屋頂上晃動。屋頂的橫梁像骨頭那樣撐著夜空。有個女孩一直在掩臉掉淚，對不起，對不起。整個長長的雨季，她們都用來等待重生，重生。重生以後，我再也不會是以前的我了，有個女孩這樣寫。

草爬上了屋頂，無聲無息地裂開牆縫。白色水仙都在七月裡綻放，拖到九月才被雨打爛了。

阿米娜，妳覺得烏斯達茲哈密怎麼樣？

莎依瑪小聲地問阿米娜。

每晚烏斯達茲在祈禱所念經時，依瑪都希望長出翅膀飛到那邊去。

阿米娜聽著，腦裡一片空白。她看著莎依瑪的肚子，再看著莎依瑪的臉。然後再垂下來看莎依瑪的腳。

請阿米娜不要笑依瑪，烏斯達茲不知道。莎依瑪說。依瑪想要愛，不知怎麼就愛上了烏斯達茲哈密。

她在胡說八道，我聽到阿米娜對她自己說。他們強迫我們愛阿拉，才把大家的腦子都搞混了。阿米娜迷惑地面對莎依瑪。她忍住什麼都不說。但她的迷惑刺激了我，使我又鑽進阿米娜的眼睛裡，從她鼻子上面看著莎依瑪。莎依瑪似乎正在忍耐著，又像在微笑，她的嘴彎彎的，鼻翼擴張，靠著床頭，按著胸口大大地呼吸。

依瑪也覺得，這樣懷孕了真是丟臉，莎依瑪說，可能米娜很討厭烏斯達茲，但是哈密不一樣。阿米娜，米娜請不要鄙視依瑪，依瑪很怕被人家笑。依瑪有時候忘記自己大著肚子，連孩子都要出世了。

每次我忘記時，他就踢我，莎依瑪又撫摸自己的肚子。

阿米娜閉緊嘴巴，蟋蟀唧唧地叫。歌聲在天花板下此起彼落。呀阿拉，請把我的痛苦帶走，請賜予我平靜。無論是我或阿米娜都很少聽馬來歌。它們本來都像是模模糊糊的音節，跟蟋蟀的唧唧一樣。但忽然我聽出了歌詞，那些我原以為是神的歌，旋即都成了一首首情歌，不，也許其實本來就是情歌。我期盼著他的影子，在薄霧的黃昏。在薄暮色的黃昏，潮水不懂從什麼地方來，瞬間漲到胸口。把眼睛埋進水裡，可以看得見信仰之家，看見野草像變長了的頭髮覆蓋著睡在我們中間的巨人。在巨人的夢裡看著這一切，好像看進別人的窗口一樣清楚：我拉著阿米娜，我討厭阿米娜，我曾經想生下不一樣的孩子以稀釋掉她……。但是事情很難說，每次想到可以永遠拋掉阿米娜，我又會徬徨起來，要決定這一切是如此困難。萬一哪天我竟然想要回阿米娜呢？除非我可以跑到遠遠去，非洲大陸，南美洲草原，洛磯山脈的山腳下，那種像夢一樣的地方，而且是去了不後悔也不會回來的地方。

風吹過了外婆的墳墓，在雞蛋花瓣上顫抖。

每隔十四天，我和母親在停車場的亭子裡見面。她總是準時到，而且從來不曾缺席過。我簽名的時候數一數，她總共來了九次。父親，只一次。我不知道這是因為他自己不想來，還是他們不給他進來。訪客很少，停車場上麻雀低飛。守衛的影子縮在遠遠的芒果樹下，抽著煙。那煙白亮晃晃地在樹後冉冉上升，那樹幹因雨濡濕而顯得發黑。

這幾年我都是傻人在作傻夢。她說。總之時候到了也該醒了。我只是受不了他看我的眼睛，我欠他什麼？以前我可沒有迫他。

那我什麼時候回去？我問她。

母親的表情垮下來，她的臉很老很皺，好像被歲月徹底擰乾。

等妳出來以後，我就幫妳換學校，好一會她說。妳喜歡去哪裡就去哪裡。

我想跟她說不用了，但在心裡研磨很久什麼都沒說出來。對於像我這樣的人，也許所有學校都有類似的尖矛，他們就是要我在這裡待上九個月。好像我的時間比別人遲上整年都不重要。我想像著離開以後要去的地方。很久很久以前就有的願望。不靠烏斯達茲，不靠舍監，不靠任何宣稱對我有愛心的人，我要在一個遠遠的地方像孩子那樣重新出世。我要自己生下我自己。

還有沒有信來？我問她。

沒有，她說。

她看著我，她的目光像手帕一樣落在我臉上，我想我的臉大概很不好看。在潮濕狹小的亭子裡，在白得幾乎使一切透明的光線中，我們除了看看對方，吃著她帶來的東西，幾乎再無別的話說。人家都說我們像鏡子，在我們中間有一面鏡子延遲二十多年。我極力想看出那面鏡子的教訓與喻示，但它是個謎，我不能看透而她也不。

風吹過太陽曬著的鞋子。

運氣不會永遠都是壞的。兩隻貓在不遠處咆哮，牠們已經鬥得兩耳血跡斑斑。一顆果實滾落屋頂啪地一聲掉下來，還沒成熟就爛了。一隻鳥兩腳朝天死在地上。阿米娜四處尋找好預兆，沒有好預兆。於是，我只能這麼說，這裡有更多壞預兆。

無論如何信不再來了。一切對我來說變得難以忍受。世界飛速旋轉把我拋棄在軌道之外。隔離沒有效用，你的名字從我腸子裡剝落，我想把它喊出來，潮水就酸酸地浸透了胸口。我看著樹，看著前方，空空蕩蕩的路。風一吹過樹下就落一陣雨。站在欄杆前，你可以感到整座山谷都滴著水，雨水使得一切都發黑，窗櫺，樹幹，屋頂，柱子。鳥在屋頂下的破洞裡做巢。一場大屠殺之後，劫後餘生的蜘蛛又張著長長的腳在天花板下棲息。院子裡貓糞尿騷味撲鼻。

莎依瑪去生孩子了。舍監去了醫院，現在只有兩個懶惰的守衛，他們蹲在芒果樹下抽煙。他們會抽上兩三個小時才起來巡邏。

把抹布扭乾晾在欄杆上，收起欄杆下的鞋子。鞋子還有點濕，把兩條鞋帶綁一綁，就掛在肩上。

風啪啪地掀開一本簿子。

「棲的蹼手給我找來了一隻夢遊的馬。一隻不睜眼睛搖搖晃晃的黑馬。牠跑起來很靜，如落地的影子無聲無息。當我騎上去的時候，牠就像時光穿梭機一樣帶我離開了。兩個守衛甚至察覺不到我們正在越過他們身旁。最多只會感到一陣風，好像有什麼從院子裡過去了，但一瞬之後，他們就再也察覺不到了。一切正常，沒有人會記得曾經有個阿米娜住在這裡。檔案裡的阿米娜會變成空號，他們可能會因此感到費解，那些在線條上的空白之處到底原來有些什麼，櫥櫃上寫滿字的資料去了哪裡，更久一點以後，路過的人可能會想，這裡的人都去了哪裡呀，而這座山谷，這些破落的瓦礫到底曾經是什麼地方，還有這片像廢墟一樣的空地，滿地的碎玻璃，覆蓋殘跡的翠綠蔥蘢……疑惑想必會在瞬間閃過，但不會在心裡久留，除非有人努力去找，也許會有人想起來，但他們會這麼做嗎？比起瑪麗亞，我們只不過是一個失敗的話題而已，一個想不起來的夢而已。

「赤腳踩著馬鐙，緊抓著韁繩，兩腳夾著牠的肚子。別給牠甩了，要學習怎樣駕馭一隻瞎馬。或許其實我也是盲目的。自由像跑下山時一朵灰塵揚起的花，不動時就什麼都熄了。我想要遠遠地離開，在無人認識的陌生之處，不帶欲望地生活，我不是不害怕的。誰知道能不能辦到呢，抹掉過往痕跡，從這個位置消失，他們再也不會聽見任何消息，也不會再知道我的任何事情。

「以後得機伶點，我對阿米娜說，也不知是誰帶著誰。

「阿米娜靜靜地，她沒出聲，她暫時不會再出聲了。……現在，該到哪兒去呢？要到哪裡才能真正平靜無痕地生活？到哪兒去才不再害怕孤獨？如果害怕孤獨，就免不了跟人有牽絆，有了鄰居、朋友、愛情……慾望就會再度把我捲回來，使我再度回到這張煩惱的網中。那時就勢必無法逃避成為一個什麼人，不能再與世隔離無牽無掛地活著，那要成為誰？阿米娜？張美蘭？也許都不。也許哪個都可以。然而，誰知道那時的我是什麼東西呀？但是如果當誰都不要緊的話，何不現在就放逐自己，就在這裡，繼續當阿米娜。

「不，必然是有選擇，如果愛上什麼人，我可以選擇要跟他一樣或是不一樣。有一天我也許會當回阿米娜，也許不。這一切，都是難以預知的。怎能知道呢。我甚至不知道，該從哪一刻出發，從此離開這座山谷呢。

「最好的去處或許還是那些大草原。或許非得如此，我們才能真正地逃走。然而，這麼徹底的遺忘還是使我受不了。我說不清，到底這會使我們放心，還是更傷心。」

想到這將是徹底的消失，眼淚就冒出來。鵝嘜河長長地流淌。為何會這麼悲傷，為何這一切是這麼讓人留戀啊。

「無論如何，我們只有這隻瞎馬了。穿過喧譁如海的樹林，沿著鵝嘜河往下走。摸摸馬耳朵，赤腳踩著馬鐙，我要學習怎樣駕馭一隻瞎馬。我感到阿米娜和我，互相如厚厚的痂皮貼著心臟跳動。太陽從樹稍爆開使我雙目麻暈。阿米娜，我喚她。她靜靜地棲息在我裡頭，以後，我們是彼此不容彼此否定的祕密。馬很靜，石頭很滑，樹林很密，海岸很遠。」

有一瞬間我盯著一根草，一動也不動地，看著一絲顫動的碎光久久。當妳什麼都不說不想時，好像有些什麼就沉到泥土裡去了。等到一切就要徹底熄滅時，我就從心裡對空氣說，請把我的想念吹過去，順著這道斜坡滑下去，沿著外面的高速公路，越過田野和地衣密密的園丘，經過貨櫃起落的碼頭，爬上斜坡，越過隆隆駛過的貨車，叮叮作響的火車欄杆，吹翻路上的草，把枕木中間的砂粒弄得一顆接一顆地翻滾，但不要揚塵，一直到他家外面，翻過籬笆穿過橘柑樹。如果他感到悶熱，他會舒服愉快。

一會兒，樹海囂喧。風就從高高的天空撲下來，落到我身上。

雨停了兩天，葉子開始沙沙地走路。我和阿米娜靜靜坐著，在陽光下晾乾腳趾。

十月

從九月開始，
菊子就下定決心，
即使這些刺都是真的，也要愛它。

每天晚上都誘使他做海的夢。

——三島由紀夫

颳北風了。

寂靜像滑落海灣的岩崖。

海風吹過菊子的鬢髮與花卉繽紛的衣領。這是十月，季候風交替之際，風向亂竄。早上可能還颳著西南風，到了下午就轉成東北風了。這些日子出海也很危險。本來要去蘇祿島的，說不定半途就會漂到巴拉望島去。如果去了太平洋，就不必指望回來了。

本來應該靜止無風，因為氣球在風裡。然而當它停頓、轉換方向之際，一縷暖風忽爾飄過。此時你看見大地滴溜溜地在眼皮底下轉圈，屋頂、船桅、人群粼粼發光如眾星圍繞。海灣像個藍色的盤子，慢慢自西轉到東。氣流雖靜似無，但你知道它在推送，須臾海岸就在腳底下徐徐退後。大海如織，閃爍熾熱地滑來。

這不是飛行的好季節，但北婆羅洲特約公司的高官，金森魏（Sir Kimson Wings）爵士仍一意孤行，因為荷蘭來的漢斯（Hans）告訴他，山打根（Sandakan）的風勢最穩。

「風轉向了，」爵士說，「大雨恐怕就要來。」

漢斯說：「下雨不怕，熱氣足，照樣飛。」

「不會掉下來？這很好，」金森魏說，「菊子妳先上吧。來個女空中飛人，在吊籃底下接個鞦韆，妳會喜歡的。」

放屁，菊子心想。「親愛的爵士先生，我原來以為只需要站在吊籃上繞山打根一圈，」菊子說。「您說還有一艘設計得美美的船給我坐。」

「刺激一點會更好，來點精彩的！我要使山打根火紅起來，讓世人矚目。這個地方以後可以辦氣球大賽。」金森魏說。

十來個助手在草坪上圍著氣球散開，竹竿一支支舉高了抵著球上的網罩。唯恐熱氣一洩，氣球塌下燒焦。

早晨的風輕柔，但金森魏先生的腮鬚上，都是亮晶晶的汗水，背後與兩腋下方濕了一大片，他背後斜掛一個白色的長筒，裡頭大概裝著望遠鏡。他興致勃勃在籃子裡轉了一圈。這籃子可裝三、四個人。菊子好奇地探頭往裡看，看見在氣球下方，有個小碳匣，裡頭燃著一枚金黃色的火焰。

要上昇，就點火，漢斯說，點了火，它就會很快上昇。漢斯先生長得瘦小，講話時眼珠子一直往上翻，好像腦海裡有個放映室似的。他解釋怎麼打火，怎麼接熱氣筒，怎麼開關洩口來升降。至於方向，他說，很抱歉，這種簡單的裝置沒辦法，除非是齊柏林。

可惜，齊柏林，我不會。他抱歉地說，我只懂熱氣球。

那就算了，金森魏說，誰他媽的要德國佬的狗破爛！

啊，這個沒錯，德國人，就是沒趣，漢斯說，飄浮，就是飄浮，就是純粹的，離開大地。

菊子撐著陽傘靜靜聆聽。火在嘶嘶細響，不知道乘著它飛行會是什麼滋味。

這氣球是這麼大，氣管又似乎太小，等了好久，它依然扁癟癟的。直到雨絲沙沙地落在傘上。四周變暗了。

屎，遮拉咳①，混帳！金森魏爵士說。

不用停，可以，漢斯說，繼續，燒。

這是徒然的。雨絲斜飄，裸露的腳趾與脖子變得又濕又冷。紅氣球漸漸瘦下去。終於一陣風吹來把它壓倒。它斜斜地，巨大地傾倒在潮濕的草上。

火熄了，他們只好把它拖去棚下避雨。

金森魏百無聊賴地望著灰濛濛的草坪。

你明天最好給它飛，巴鋭②，你這樣浪費我的錢和時間已經兩週了。

漢斯抓下帽子，扭乾它再戴回頭上，它皺得有點可笑，活像頂著一塊抹桌布。這氣球可能，哪裡，有個縫，他說。這縫很難找，因為這球有三層：塔夫綢、紙、塔夫綢……。

你要是個男子漢，就克服這個縫。你難道沒長傢伙嗎你？金森魏不耐煩地吼他。

金森魏爵士臉上一綹黑髯，長得很像海報上的耶穌。他在北婆羅洲已居留超過三十年，比菊子待得更久。早年駐紮亞庇（Api），靠著槍砲火彈，把附近的海盜殺得屁滾尿流，連橫行南洋海域超過三十年的曹家父子都給嚇得銷聲匿跡。近年才調派山打根。部隊裡除了錫蘭與孟加拉來的士兵，也有一些杜順人，他們熟諳地勢，專門追捕那些從監獄逃跑的犯人，耐力與腳力都出了名。

各種傳聞把他說得像洪水猛獸，菊子面對他也有些戰戰兢兢的。

然而，猶記最初在教堂裡見面，他蹲下幫她把勾著的裙襬從長椅子凸出的木條拆脫下來，

①Celaka，馬來語，意為倒楣，不幸。口語使用有發洩怒氣與懊惱之意。
②Palui，蘇祿語，笨蛋。

那股溫柔很難不令人心動。每見一次，就越發感到對方難以捉摸，菊子覺得自己彷彿是在跟一叢同株分岔的異人打交道似的，他裡頭裝著一些小孩、一些老人、一些男人，甚至也可能有一些女人。此刻，坐在爵士身邊，菊子心裡有不妙之感。爐子上的火焰像燒進了太陽穴裡。她知道那在鐵絲上融化冒泡的是什麼東西。但大門已砰然闔上。那個平時一臉傲慢、站在客廳四周臉色陰沉的總管，也不知溜到哪裡去了。屋裡的女傭越來越少，使她不由得懷疑，爵士是否都把她們吃了。她記得第一次進來時，在那場熱鬧的筵席上，有個廚娘走到餐桌前失魂落魄地跌落一盤燒雞，臉色青得就像等待槍斃。

金森魏其實不喜歡用槍。他說他比較喜歡用鞭子，而且「還要按照馬來古法執行」，鞭後撒鹽，浸河口，敲鐵釘，往七竅塞泥和蚯蚓，「那些貴族真加（jin-jia） gila babi」③，吃飽沒事幹，還記授成典。

「可惜他們現在信回教了，」爵士一臉惋惜地說，一邊托起一支長長的煙桿，把燙熱的鐵絲探入凹斗裡，一撮黑膏輕輕抖落。「總得有人繼承。」

那個含卵小子還沒死過，他說，他不知道我是誰。

我要把他送到那些荒島上，一座島就一個刑法。

過後他沒再說了。他深深地吸一口煙，這煙從鼻子呼出來白茫茫地瀰漫散開，眼神變得柔和愜意。稍後他把煙桿遞給菊子，朝她揚了揚下巴。

菊子起初不願意，但不知怎的還是照做了。煙在眼前裊裊繚繞。

有一封信箋被火焰跳上來，迅即吞沒了它。

時間滴滴答答地踱步。廳裡懸著一張地圖。菊子只知那是地圖，卻不知圖上畫著什麼。上面也許有日本，因為有一次金森魏爵士跟她說，妳看見了嗎？這個從褲襠飛出來掉在太平洋旁邊的小雞巴……妳們的天皇只是上面的一隻小小陰蝨，打從娘胎就躲在女人恥毛裡，連蛋連腦都沒有，就想吞山東。

他把她翻倒在一張奇特的椅子上，那張是牛角狀的椅子，循著它岔開的道口，再把她雙腿扯開。雞芭忒底④，他說。大林公⑤的女人。

她感到自己是如此羞慚。從額頭開始，那慾望如潮湧至兩腿之間。她很焦慮，又極渴望。她想撫摸他，撫平他的焦慮。但他不再提那個讓他生氣的毛頭，似乎根本不把總督府的諭令放在眼內。

③gila，馬來語，意思是「瘋」。Babi，豬。二詞常連用，對伊斯蘭教徒具有強烈的羞辱之意。馬來人也有發展此語為「Cina babi」回罵。

④忒底，Getek，蘇祿語，意思如同馬來文的Gatal，發癢，發騷，淫蕩。

⑤大林公，Telingung，杜順人部落中的神話生物，原指「長鬼」，用來罵人搞怪，笨蛋。

信在桌上已熄滅成灰燼。

天窗上最後一抹金色的餘光，讓她想起米歇爾教堂的聖壇。她曾經對那無數個週日神父冗長的禱詞感到萬般不耐，那些根本聽不懂的英國口音，跟眼前這位流氓混合了本地蘇祿話、客家話而雜七雜八的英語比較起來，前者真是過度高尚，而後者說的每一句，只要聽懂了就會讓人感到屈辱不已。暮靄漸漸降臨，廳內只有那個烤鴉片用的小火爐在發亮，而這個正在赤身裸體俯視她的流氓，天啊，我的主，他們長得多像啊——菊子心裡再度驚顫。某些時候，幻覺壓倒一切，她感到金森魏爵士與裘守清牧師像給八月劈開的兩個孩子。她注視著他皮膚上的顫抖，那種像水波一樣的緊繃與放鬆，然後她想像著那裡面的靈魂。一念及此，便滾燙戰慄，幾乎就要昏厥過去。

如果您鄙視我，她想，這樣我好痛苦——

這真叫人想死。世界在兩片暗潮之間閉合。當金森魏把她放下來時，兩人在波斯地毯上搞得不要命似的。此時的金森魏異常甜美，就像花蜜，菊子則像剛孵化的蟲子那樣渴望吮吸他。結蛹是容易的，回去洞穴裡睡到天昏地暗就更容易。但她感到自己很老了，如果再害怕，時間的門就永遠閉上。因此便做了和從前完全相反的事：把礙事的殼刮掉，冒險把身體拔開。這就像脫光衣服撲進山谷裡，再柔軟的泥也會生出尖刺飛來的幻覺。一枝一枝，像雨後的野草瘋長，一擦過就沒入骨頭裡，把身體攪得直滾冒泡。

但從九月開始，菊子就下定決心，即使這些刺都是真的，也要愛它。

雨越來越大，嘩嘩籠罩。一剎那間亟欲去到遠方。然而這天空不會變，除了這滂沱雨夜，哪裡也沒去成，陸地都很遠——樂園卻很近了。

天窗凹溝的雨痕都看得清清楚楚，波浪屋瓦彷彿觸手可及。

婊子，金森魏說，跟拔掉船栓一樣。

他弄痛她時，她立刻下跌至谷底。一會兒他很體貼，便再度悠悠浮上來。

這當然不是真的，金森魏是金森魏，裘牧師是裘牧師。菊子對自己說，當鴉片的刺激退去之後，早前的痛楚又重新捲回。她靜靜地穿上衣服，並仔細觀察金森魏爵士的臉。

在某一瞬間，她可以肯定，那是因為顴骨的緣故，它造成兩頰線條拉長的效果。而且，再加上眼神凝視的專注，以及翹起的嘴角，使得他們兩人的臉上，有著近乎神祕的重複特點。他們彼此長得多像啊。她想，恐怕只有我發現這一點。

認識金森魏爵士才不過兩個月。爵士當時和她隔著走道，坐在另一邊的長椅上。那時裘牧師已經坐船回去了，說是回去爭取友人支持。待三個月以後，就會搭下一季的船回來。但估計很快的，牧師就會再度離開山打根，和同盟會的人一起去廣州起義。

菊子本想安安靜靜待一個早上，待得看清對方的臉之後，便覺得有什麼把自己勾住了。走出教堂時，腳步一亂，差點摔在階梯上。

那個對天主虔誠，一直說服菊子上教堂做禮拜的懷特牧師，怎樣都沒想到結果只是促成了菊子跟這個有爵士頭銜的大流氓混在一起。

大約是去年年初，懷特牧師親自上來菊子開的咖啡屋，跟她談耶穌。他來了好幾次，把好幾節詩篇譯成日語，念給她聽：我的心哪，你曾對耶和華說：你是我的主；我的好處，不在你以外。不過菊子聽了無動於衷。除了一句，她因為憤慨而忍不住笑起來。

祢贖回我生命。

菊子不是不願意相信。但是，她問懷特牧師，我已經贖回我自己啦，到底上帝還要怎樣贖回我呢。

菊子南來二十多年了，土蕃話、客家話和英語都會聽會說，但要聽懂冗長的禮拜宣道還是困難。農曆新年過後，二月底，山打根還颳著北風，懷特牧師又來日本街找她，告訴她，他終於找到了一個日語流暢的牧師來給日本人做禮拜。

那牧師來自臺灣，據說兩年來一直待在亞庇，最近才搬來山打根，他來到之後，就直接找上巴色會⑥。經過通融，巴色會答應讓他們借用山打根堂的廚房做禮拜。

週日早上，廚房安安靜靜，無人吵鬧。信徒很少，七、八個日本產業墾殖可可園的日本工人，當中也包括兩個臺灣來的支那工人。菊子找了草紀子和花賀美子結伴，三個人一起走路，或搭人力車，從直通海港的大街，拐進新加坡路，踩著木屐咯噠咯噠地上來。

正襟危坐，呆坐桌子末端。

廚房裡一排長桌椅，光從後門撲進來，清晨空氣沁涼。

菊子記得很清楚，三月裡她進來那一天，她看見這位牧師站起來拉了拉自己的衣服，他從廚房柱子上懸著的一個布包，掏出幾本小冊子。雖是大清早，但他腋下已經透汗，不知為何，她就放肆地盯著那麼大片的汗液痕跡，以至於他終於覺察到這股不尋常的視線，而轉頭好奇地看她。

她忽然感到拘謹且害羞起來。

牧師的眼睛像孩子一樣注視人。他介紹自己來自基隆，那裡也是個港口，他說，那裡的山坡路跟這裡一樣斜。他在一塊黑板上用粉筆寫上自己的名字，裘守清。臉孔乾乾淨淨。知識豐富，從天文地理至部落神話，幾乎無所不曉。她漸漸習慣從長桌的尾端看他。他很純質，這種氣息幾乎未曾於任何人身上見過。很久以後，菊子才意識到那種奇怪的感覺是什麼。這就像漆黑的屋裡開了一口窗。

菊子想起天草島，雖然早已把家鄉忘得差不多了，但菊子卻想起了又乾又硬的沙子。因為

⑥ Basel Christian Church。十九世紀末就開始在北婆羅州設立第一所禮拜堂。

天草的地很餓，每年吞掉許多人。有人就這樣嚼著沙子死掉。地裡的死人比活老鼠還多。家裡暗得像鼠洞，母親一年比一年瘦癟矮小，好像正往地裡陷落，有什麼東西從她的腳底把她拉進地裡。直到某年冬天，母親不再要菊子了。菊子喝了點薑湯，跟一個陌生人走。菊子的哥哥對她說，如果妳不喜歡，行船時就跳海吧。十歲的菊子沒有跳海，死比飢餓可怕，窒悶的木箱又比死可怕，但她沒有機會上到甲板去。現在菊子卻覺得她有點想從高空跳進水，把什麼東西給撿回來，只是有很多很多已經給沖到海底去了。

雖然說不上這究竟為何，但她又重新感受到遺棄這件事。

不是被人遺棄，而是被我所遺棄的。

本來以為不好的，現在才發現原來也不是不好的。就不由得傷感起來。這心情就像團霧那樣。菊子沒認多少字，片假名識得少許，漢字都得靠牧師講道時才一字一字地學。多奇怪呀，他甚至不是真的日本人。這總該是神的召喚了？矛盾的是，那些神聖的故事，或句子，讀起來既讓人感恩，同時又讓五臟六腑攪動。神既慈愛又暴怒。

彼得城中的背叛：雞鳴以前，你要三次不認我。想想看他整晚多麼煎熬。

有時惘惘，便想不如還是什麼也不懂地坐在教堂裡，那樣還更覺得四周聖潔芬芳。儘管如此，只要目睹裘牧師熱心的模樣，頓時便覺希望迸發。然而每每聽或讀至殘酷之處，又不禁心悸。喜與懼如旋風捲來。但勿否定，勿阻擋。天空中自有道路。

五月，她第一次聽到辛亥革命。牧師談到孫中山，菊子對這名字並不陌生。這些日子，就連人力車夫也常把他的名字掛在口上。在山打根堂附設的辦公室裡，那些客家人理事也在牆上掛了一張孫中山的照片，常看到有人對這張照片鞠躬。

這一年的山打根有些亂糟糟的。有時候，菊子會穿起旗袍，脫掉木屐換上尖頭繡珠布鞋出門。她不覺得這是很好的掩護。支那女人長有跟她一樣的單眼皮與黃皮膚，以及相似的早衰滄桑，身上大都穿著唐衫布褲。她們從園坵裡出來，渾身髒亂，臉削骨瘦，有些人光著腳，連鞋子都沒有。

去年五月裡某一天，她背朝碼頭，穿過一條賣胡椒的巷子，人們東一堆西一堆地彼此推搡。一場午後迷途的雨把每個人淋成落湯雞。那天她撐的油傘掉了。北婆羅洲公司派出杜順人和印度警衛，開始從碼頭四周逮捕那些分發傳單的支那人。一陣西南風颳來，溜過腳邊，舉步時好像人在風上浮。菊子和別人一樣六神無主地亂跑，隨著人群衝向巷子的另一端。雨大路滑，弄垮了沿著牆壁搭起的、一排高高矮矮的竹架——原本是晴天裡要拿來晾胡椒的——剎那間乒乓倒下。混亂中散開的人群喧譁著從後邊湧上。菊子被旁邊一輛鬆了繩索的卡車一撞，竟跌進了巷弄裡一扇門內。

那也是一間廚房。黑黝黝地冷寂，像從山裡搬來的洞穴。裡頭只有一個瘦弱的老頭子躺在硬木板上睡覺，臉如骷髏。她沒理他，這可能是個一輩子吸鴉片來消除痛苦的苦力。

最初她一絲憐憫感都無。稍後，菊子發現那個睡著的人，眼珠子盯著她竟亮了那麼一霎，不由得心念一動。她從沒做過什麼好事。因此沒人看見的時候，要這麼做是比較容易的，儘管由她做來似乎很蠢。她劃了十字，低聲念了詩篇：你在耶和華的手中要作為華冠，在你神的掌上必作為冕旒。

他眨著一雙黃濁的眼睛，手依然壓在自己頭下，一動也不動。她伸出手，想按一按對方的額頭，但手伸出去，半空就折回，照舊捲在自己的另一隻掌心裡，燒燙地握著。

隔著黃斑濛濛的玻璃，只見大雨打濕路面，巷裡的腳步雜沓翻起泥濘。所有一切都是倉皇的。

雨停後她就離開。

那天以後，她倒是開始計劃一件正經事，該有個日本人專用的禮拜堂。

裘守清牧師並不是日本人。菊子很清楚，他就是個支那人。牧師常與那些臺灣來的信徒以閩南語交談。那些話她不是很能聽懂。不過她有時會感到一種奇怪的安慰，像是一種彌補，當她看見牧師和那些巴色會的客家人走在一起時，她會生起一種很難說得明白的願望。

他們偶而開會唱歌，偶而激烈爭辯。裘牧師看起來和他們有些隔膜，有些孤單。他會忽然起身離開，翻看自己的書，或一個人走出去。那些中國來的客家人，不是三三兩兩地走在他前面，就是走在他後面，中間給他空出距離。那些理事彼此之間很吵，而牧師自己卻很靜。這樣看來，他似乎誰也沒依靠。他就是他一個人。

這妒忌與竊喜來得毫不合理，菊子心裡明白，這樣想不是太好。這對袠牧師不好，不該這麼想。牧師就是牧師，不是日本人，也不是真的同鄉，是神的子民。但有時又希望他有同鄉的情分。

菊子不知道別人是否和她一樣。有時她好奇地留意草紀子和花賀美子，觀察她們，暗自揣想，她們會否也有同樣的感覺。有好一段日子，她檢討了自己的生活，發現過去揮霍買下來的一大堆胭脂飾物，全都華而不實，全都是腐爛易逝之物。她驚歎於自己曾經如此花錢如流水，不惜糟蹋金錢與肉體，以至於拖延還清債務的時間長達十數年之久。

這樣的改變幾乎讓人迷醉而狂喜。聖經裡那些讓人聽了渾身不舒服的教義——什麼原罪、恐怖的審判日，如果不是袠牧師，幾乎是難以被接受的。

自從來到這廚房做禮拜之後，菊子甚至感到，比起苦難而言，幸運才是神留給倖存者以接近祂的恩典。每次祈禱都盡心感謝。她會默背好幾句箴言，一天的心靈平靜與否就仰賴於它：喜樂的心乃是良藥，憂傷的靈使骨枯乾。她也喜歡尼希米記的第八章第十節：你們不要憂愁，因耶和華的喜樂是你們的力量。沒識得多少字，但一句一句的背誦，心情竟也慢慢變得柔和了。

本來一切都是很好的。一整年日子寧靜，不再需要奢侈的排場來消解焦躁。她對裘牧師也十分尊敬的。新年伊始，菊子不顧帳目尚嫌拮据的事實，在日本街首開創舉：週日閉館，妓女們可自由決定當天要休息還是到別館工作。

菊子半籌款、半捐助，直到翌年五月，才在山打根西北部，蓋了間禮拜堂。雖然屋頂仍是亞答葉的，但木門倒是日式的，屋子底下給矮矮的土石墩墊高。屋子前方作為禮拜堂，約六坪大，廚房的地上砌了個大灶，有三個灶口，茅廁另外隔開。

那地段周圍數百里內都是日本產業所屬的椰園與橡膠園，再往山區稍微走遠一點，還有一家日本人開的馬尼拉麻廠。這裡離開米歇爾教堂和港口的日本街更遠了，但對園坵工人來說，倒是比較方便的。

某個早上，菊子帶著草紀子和一個也是同鄉的女傭過去打掃。她用一塊棉布，沿著牆邊，來來回回把木材地板擦得光潔發亮。窗子拉開，山風如濤，蟬鳴與雀鳥啁啾灌耳。

從井裡打水上來，搓洗再浸浸過水，然後便扭乾那塊準備用來覆蓋聖壇的棉布。她在麻繩上把布晾起來。天空湛藍，不知是來自海面還是陸地深處的風，十分涼爽。她躲在屋簷下的陰影裡，待了一陣。風很大。遠方的雲朵像船一樣，從山後趕過來又往前飄，把她撇在這靜止的陰影裡。

一會兒她回到屋內。廚房裡靜悄悄的，女孩子們爬到山坡上看馬尼拉廠去了，那裡有好些日本來的年輕勞工。她走進廳堂，感到身體極累，便在榻榻米上躺下來，心想，只要躺一下就好。在拉開的窗前，她看見一株蒼老的黃焰木佇立在外，樹身上長滿綠苔，花瓣在日影中顫動。她在榻榻米上，舒展手腳，渾身鬆弛。由於實在是太累了，她只想像往常那樣，懷著感激之情禱告，休息一會。

凡他所做的盡都順利。

下午氣息安寧，樹影斑駁搖動，野草靜長。她閉上眼睛——好奇怪啊。菊子被自己的身體嚇了一跳。

但願不是什麼罪惡的事，主啊。

裘牧師起伏有致的音調彷彿在四壁間響起，瞬間又寂靜下來。一時之間菊子好像看見他的身體與臉孔，漂浮上方，水影似的俯身凝視。正午剛過，晴朗白亮的日光如隱形波浪般在這座剛剛蓋好的禮拜堂裡高漲起來。也許不過因為手腳如此舒展，真是太舒服了。菊子以前很少讓自己休息。此刻身體平躺，四肢放鬆——她感覺到了。山風攀過腳踝，沿著小腿往上溜。像一顆滴溜溜的球，將有將無，在大腿根處盤旋好一陣子。

靜靜躺著，這很愉快，竟像魚那樣輕啄，不可思議地，一波波酥了兩腿。起初只是微微悸動，她任由兩腿微張，就這樣，一切既慢又持久——從腹部到兩腿有股騷動的舒適之感。就像給一雙隱形的手撥弄似的，但它不只是看不見，而且也是觸摸不到的。有一陣子她幾乎忍不住想激烈地回應，又覺得不如還是忍耐。但越是靜止不動，體內的顫動就越發像海，直到受不了時，她才轉身，像在海濤上翻身，把浪壓在雙腿之間，像把一大叢海藻攔住。

它平復了。

菊子睜開眼睛。她爬起來，完全濕透，榻榻米有一大塊潮濕的印記。思念變質了，菊子吃了一驚。她完全沒想到原先這種全無佔有欲的感激之情，竟會變成這樣的一回事。

太陽西斜。腦子像長在鐵枝篷上似的。有一條線開始拉，好像從額頭裡長出來，纏在輪子上碌碌地滾下長長的新加坡路。一路上大大地拐彎，一邊是山一邊是海。好久才聽見草紀子的聲音，她像老虎一樣朝著菊子的耳朵大吼。

菊子不明白地望著她。

我怎麼跟個隱形人似的。草紀子這麼抱怨。待會路過巴剎⑦就停一下行不行？妳吃不吃粉餅糕？

照常打理咖啡屋，帳目也還做著，事務繁多，別人的叫喚都像從幾哩外傳來。人們比天堂更遠。

她開始恨不得別人都不來煩她，都別來跟她說話。

這時候她體會到孤獨的好處。六月開始，裘牧師就坐船回臺灣去了。新蓋好的禮拜堂只用過兩次，就歸還給雀鳥。

週日，她會去那裡打掃，拔草，待到午後才下山。偶而懷特牧師來咖啡屋找她，請她到大教堂去做禮拜，她就勉為其難地出席一兩次。

所幸在米歇爾教堂裡，誰也不會打擾她。一坐下，心神就給沖到遠方。那些誦念與歌聲，全都像空舢板底下的浪。剩下身體，靜得跟這些祈禱用的長椅子一樣。

十月，北部南來的航線纏上了菊子的腳，使她一直往碼頭跑。她把船都記在腦裡。裘牧師可以搭很多班船回來，廈門的，本島的，淡水的。如果全都錯過了，月底還有馬尼拉丸。

整個十月，她神不守舍地在山打根的窄巷裡兜兜轉轉。怎麼拐怎麼走，全都像鞋子在作主。某些早晨，她原本想去巴刹，不知不覺卻發現自己走在前往碼頭的大街上。噠噠的木屐就

⑦馬來文為pasar，意為菜市場。

像在腦子裡不斷錯過而來回往返。猛然回神，才又發現自己走過頭了。那些長長垂下的防雨布，潮濕的騎樓，鋸屑囂飛的木工廠，一簍簍乾海產，滿溢泥糞味的牛車，皆如陣陣塵霧，揚起就消失。

午後常常大雨，油紙傘重得像頂著一池水。灰色的雲一尾一尾群集港灣上空。碼頭上一片混亂。由於日本人想要山東，一個支那人朝她吐口水。幹嘛要討厭我呢？我不明白。菊子想。支那男人好多啊，苦力們揮著拳頭，好像要潑掉拳頭那樣在雨裡呼喊。他們喊的話，菊子大半能懂。就算聽不懂，也能聽懂兩個音節，日本。

儘管如此，這些人並不能真正傷害我。她想。

一包包捆紮起來的馬尼拉麻都囤在碼頭的推車道旁邊，任雨水打濕。支那工人拒絕給日本來的船裝卸貨物。在馬尼拉來的荷蘭船前，人潮熱鬧流動，但在本島來的船上，乘客黑壓壓地擠在船舷後面，遲遲不見工人放木板讓他們下來。

無人理會的船浸在灰藍的水裡，如高不可及的懸崖，誰也越不過去。海鷗在雨中把大海蒼涼地送來。

海濤在船塢伸長的石墩上噴濺泡沫。菊子很想念裘牧師，她恨不得自己有兩個身體，一個留在山打根，另一個要長出翅膀。

一灘光影淌過壁上的花卉牆紙，在廳裡的窗簾後面瀰散成明暗相間的波狀。她撿起自己的衣服，一件件穿好後，才好奇地瀏覽牆上裝裱的畫。她對那些看不懂的地圖絲毫不感興趣，因為很難想像北婆羅洲和海是那個樣子的，對她來說，它們都必須是各種各樣的瑣碎物件與聲音：烏鴉與海鳥、輪船入港的汽笛、積欠雜貨店的債務、船、人力車、不同膚色的水手、黏糊糊的體液與吱嘎顫動的床。至於爵士口中那些「幹伊娘」的人像畫——其中一個還是英國國王喬治五世——她也覺得跟自己無關。

只除了一張。

這張畫是個法國的老頭子畫的，她記得大家叫他歐堤隆，或者奧蒂倫。那是她第一次受邀來到這間大宅參加晚宴時認識的。晚餐後，那老頭子醉了，醉醺醺的一直毛手毛腳亂摸，想要跟她玩那個妓院裡常有的「強攻」遊戲。爵士和其他賓客高興地圍坐客廳裡，看著他們在馬鬃沙發上像對手那樣滾來閃去。之後那老頭留下了幾張炭畫和素描作為謝禮。菊子不喜歡他那些畫。這類沒有眼瞼的大眼珠，或者飛在空中的人頭氣球，看了就讓她心裡怪不舒服。只有一張比較像樣：在一座城市裡，大氣球飄在半空中，人們任由馬匹散開，都著迷了昂頭往上看，它在天上噴發的熱氣就像毛茸茸的狗尾巴一樣，不過，爵士卻偏偏不掛這一張。

這就是歌德的生死門！一個在總督府裡當祕書的英國人曾經如此驚歎著說。是死亡，卻又是新生……！永生！

你真的sot-sot⑧！金森魏嗤笑。難怪歌德跟我說，你阿婆有兩個尻，一個塞住還有一個通。這英國人拉下了臉，立刻就抓起手邊的枴杖想跟他決鬥。你污辱我。要滾就他媽的快滾，爵士從腰間掏出了手槍，上了膛。

就是這事種下了禍根。

在這之前，菊子總讓眼睛落在其他地方，不看這畫一眼。她問過爵士，為何要掛它呢？對此，爵士的解釋是，這張也是人像畫，只不過是臉被遮住了。適合跟那些偉人們掛在一起。

有一天她告訴爵士，這張畫讓她感到自己活像被鬼盯。

爵士說，就是要這樣才夠爽。

畫裡那個半露臉頰和隱約可見的髯鬚，讓菊子想起耶穌。耶穌躲在一顆圓形的洞裡，那看起來既像燈塔又像監獄洞開的窗口，從這破洞裡往外望，這張臉看起來就像一個等著救兵駕到的囚犯。黑漆的圖畫好像在很冷的冬夜裡，但這隻單眼卻又極之熱灼。尤其當爵士跟她在客廳裡脫光衣服胡來時，她感到了耶穌的目光骨碌碌地掃來。

即便只不過是在事後回想，菊子還是覺得連背脊都顫抖起來。

這不是耶穌，她想，這樣想是不對的，那個人畢竟不是耶穌。

當廚房門邊的座鐘緩緩敲響時，彷彿天上的雲層散開，房間驟然變亮，窗簾隙間折射出一支支燦爛的光芒。菊子在波斯地毯上跪下來，給自己劃十。

這個人不是耶穌，就像金爵士也不是裘牧師一樣。菊子想。

裘牧師是寬大的人，他愛我嗎？應該是的吧。他肯定愛我，雖然也許跟我的不一樣，但自然那都是一種愛，也許是一種高尚的愛，既然如此，我就要像已經獲得了他的愛那樣去愛別人，這樣我就可以跟他一起繁殖，就像耶穌繁殖他的兩塊餅和五條魚。我要把從他那裡獲得的愛分給別人，比如去愛這個極色、殘暴而且壞脾氣的大流氓，不但愛這個流氓，甚至也愛任何一個跟他對立的仇人，愛誰都沒問題，什麼人來我都愛他，這樣就好像我已經獲得了他的愛一樣……。

就這樣沒完沒了地想，感激之情再度昇起，心頭便像燈泡一樣，驀地發出光來。

這太奇怪了，這簡直不是我會有的想法，菊子激動地想，好像是有什麼人把種籽撒在我腦子裡。

鐘聲停了。廳裡又恢復滴答滴答穩固的聲響。她合掌，劃十。念了聲阿門。

她感到昇華。好像坐在一朵往上長的花裡。於是她在腦海裡搜索那些能呼應、揮發這股澎湃喜悅的句子。她想起了詩篇第四篇第七節：你使我心裡快樂，勝過那豐收五穀新酒的人。第

⑧sot-sot，蘇祿語，意指笨蛋，神經病。

一百卅九篇第十七節：神啊，你的意念向我何等寶貴！然後緊接著，我行路，我躺臥，你都細察，你也深知，我一切所行的……如此反覆誦念。她精神飽滿，力氣充沛，身體舒暢，彷彿孔竅全開。

就像筵席上斟來美酒。裘牧師的臉和身體出現了，這次不是浮在上空，而是躺在波斯地毯上，他兩頰紅潤、目光炯炯，無比性感，像亞當那樣什麼也不穿，赤條條地從她兩腿之間看她。

菊子只感到熱流從心口猛然散開，渾身就火燒滾燙起來。

啊呀，我的主！她立刻跳起來，衝進廚房。

廚房驚人地髒亂，一堆打破的碟子積在角落，原本收在爐灶底下的柴薪也被扯出來，七零八落撒滿地。滿地木屑捲得像落花枯葉。她從灶頭上略傾一個水甕，揭開蓋子，看也沒看就立刻舀起大口大口地喝。這壺水有股怪味，似乎放了好久，但也不管了。水很清涼。

後來。

她差點沒給嚇死，管家持著鐵錘，在她背後，從在爐灶的另一旁，靜靜的，無聲無息地站起來。在陰暗的廚房裡，這人陰森得跟殭屍一樣。他的臉孔是黑色的，眼圈發青，他的臉頰一邊呈紫紅發腫。他的手指上流血。他樣子就跟活死人差不多。

菊子大叫一聲。跑到太陽底下。

她跑得很快，沒有穿木屐，腳很輕，十幾年來，她從來沒有那麼嚇得失魂落魄過，她甚至跑得就快飄起來了。她的頭髮散開，袖子像翅膀一樣。腦子裡只有一個念頭。

不怕不怕，這鬼傷不了我，什麼都傷不了我。

當菊子飛跑的時候，好像看到自己什麼衣服都不穿，就撲向刀山火海似的。只有一個人，只有這個大壞蛋，他肯定傷害得了我，但是我要大大地愛他——。

草坪上，那隻氣球正在脹。渾圓地發亮。

那條繫著吊籃與工作臺的纜繩，抽動繃緊了。漢斯非常快樂地看它。這個嘛，我飛過一次，還是長途飛行唷。如果只是在山打根兜兜風，那它很安全，漢斯打開了那柳條編成的小門，只要不掉進森林，給土人——

要上就快點上，不要慢慢吞吞的，金森魏爵士說。

漢斯的話沒有說完，他看到菊子像鳥那樣飛過來。她背後有一團大火正在綻開。尊貴的山打根警衛督察金森魏爵士的大宅，其中半邊轟隆坍塌。

屋子爆炸，烈焰騰騰，煙屑黑掉半座天空。

菊子跳進氣球的吊籃裡。金森魏爵士也跟著跳進來。手起刀落，把纜繩切斷。它熱氣飽滿，風掠過樹梢。草地變遠。人們大驚失色，每一個軀體迅速在眼前下滑，一下子就變小。

一個像鬼那樣淒慘的男人，一路跑一路喊叫，攔住他——這個假貨——

假貨扔下了第一個沙包，同時點燃小碳匣。金黃色的火焰猛然爆亮。

遠遠地，有人放槍，但那太遠了。一支小軍隊湧現，穿過屋子，好像埋伏了很久似的，紅外衣，黑氈帽，呈尖尖的人字形陣。他們看起來就像螞蟻一樣。

一列列齊整有秩的園坵過去了。橡膠，椰林，可可。密密匝匝的森林如一床綠被覆蓋綿延起伏的山巒。京那巴當河的支流在野莽中忽隱忽現。米歇爾教堂和其他屋子看起來都沒有分別，都像火柴盒。

碼頭。菊子探頭竭力眺望尋找馬尼拉——今天馬尼拉號應該到了，它是這季的最後一艘船。但是它在哪裡呢？氣球在空中冉冉拖過一道隱形跡線，倏忽又遠了。灰色的鋅板與紅瓦相接的屋簷，如波浪般凝固在燦爛的太陽底下。

沿著弧形的海灣，它飛過大海。綠橄欖的島。呈砂石狀散布的荒涼島嶼。蒼穹垂落到遠處的海際線上，白色的泡沫彷彿自海天之間冒出來，因遠了而不覺澎湃，看不見浪峰。只見一道白線重複地從遠方滾過來，散盡了，再滾來。

小小的船漂在這片鬱藍大海中央。

俺家的船！伊等來接俺了！此人忽地臉現喜色，此時連英語都不講了。

俺等就係南中國海的曹家幫，伊風流恙久，我只是等時候教訓教訓伊。順便帶走呢紅毛鬼唔知做乜鬼的乒乓。今下呢隻球就係俺慨。

這海盜說罷仰天長笑。

他輕輕拉動垂下的繩索，稍微打開氣球頂上那片洩氣小蓋，熄了小碳匣的火。氣球下沉，眼看就近海面不到一百公尺了。

那真是一艘夠醜的船。破爛、殘舊，堆滿了各種破銅爛鐵，上頭黑壓壓的，有男有女，不像貨船，也不太像漁船。

菊子想起各種海盜殘酷無情的傳聞，不由得毛骨悚然。那船近了，船上有人高聲叫喊，這強盜立刻回應，船上的人就往高處抛出一條麻繩，那麻繩帶個鬼爪鉤，在空中霍霍揮耍，好幾次眼看就要搭上吊籃。

乘著這強盜分心不留意，菊子就偷偷把一個沙袋丟出去，又把碳匣也點燃了。氣球猛然升高。船上的人冷不防有此變化，都大嚷大叫起來。

聲音漸漸遠了。

「臭尻！」

風吹來，氣球浮浮盪盪。但它現在沒有之前那麼高了。不一會兒它又飄回山打根城市上空，窄巷之中，軍隊四處奔竄，不時朝他們射擊，槍械閃光明晰可見。

我看你就等著吊死。菊子說。

沒那麼容易，這流氓說，又再點火。下午東北風比較強。

你還真懂。菊子說。

夢贛⑨！我一出生就是走船的！那死老頭根本就不認識妳。如果抓到，妳算是海盜同黨，回去也會死。這流氓說。

噢大末嘔咖心，菊子說。走開！

這裡這麼小，沒得走開。妳幹嘛要放沙袋？

菊子想弄熄氣球下方的火。他們再度扭在一起，似乎恨不得撕裂對方。菊子感到這場扭打好像也在抱緊自己。太陽很亮，一圈彩暈掠過眼前，使得這個海盜虛幻不實，他像夢似的。有時候，菊子覺得看不見他，彷彿吊籃裡只剩自己一個人。有時候，轉個圈，彩暈消失，影子深濃，便可以再看見他，然而，她不禁有點懷疑——這是幻覺嗎？他到底是誰呢？

菊子咬他一口。他痛死大叫，甩來一巴掌。這就喚醒了菊子，本來、本來？她想要——感激，幸福，愛——愛人和被愛，抱人與擁抱，一種喜悅、平靜的圓滿。

當吊籃搖晃時，繩索與籃的嵌線變得錯亂。然而它依然浮著，命就懸在一束繩索之下。黃昏夕照時，它航入了天際間的雲海，雲海裡飄盪浮島，風把島從遠方送來，好像整個天上也是碧藍的大海。萬頃海浪把一叢叢海島拍向岸，到得近岸時又被浪推遠，而遼遠的海浪又持續把島推送過去。就這樣，島一直不能靠岸但也不能遠離。它在一段漫長的時間裡重複著忽遠忽近的韻律。

菊子知道無殼身體會變成什麼了。它會冒泡，變成雲，最後變成煙。至於其他那些長殼和堅硬的身體，也遲早會變成煙。

地平線滴溜溜地畫了巨大的圓圈，斜陽使森林紅如流火。

東北風來了，把他們吹向大海。也許熱空氣開始不足，也或許因為這是十月，有時它悠悠地飄，有時像個舞孃那樣激烈地抖。他們乘坐的籐籃在離地兩百多公尺高處，浮上浮下，在海岸與陸地之間抖來抖去。當氣球往下跌時，突如其來的下跌總是讓人懼怕：那一瞬間彷彿自己已經不在，從高空墜下，直衝向海。繩索底下彷彿只剩空氣。

直到跌勢停頓，球再回昇。

菊子感到自己又沉重起來，這海賊也很重。他的骨頭、膝蓋、肩膀，每個關節都不客氣地與自己的骨頭、乳房、肩膀、腰、屁股、大腿碰撞擠壓。這很疼，但每一次的碰觸都使她渴望下一次的。

菊子的肩膀一抖一抖地，從頭到腳像打蛋的牛奶與麵團那樣冒泡。

⑨海南話，罵人的粗話，笨蛋，傻瓜。

也許因為不斷抽搐，腹部痛得厲害，無法遏制，這真是糟糕，但就算馬上會死，她也必須現在——立刻——

好髒！

怪你家的髒水，老娘肚子痛。什麼賊竟然笨得連一個女傭也不留！

還留！早知道應該送咯隻管家入豬欄，讓豬將伊的卵幹進肛門去——。

也總該留一個來燒飯煮水。

有啊，俺留了整家人，一日一隻，用完一隻殺一隻，前咯日死派光光，昨日慘到無人服侍，——臭死，妳唔得等死派再大？

稀粥一樣的糞便滴滴答答地從籐籃往下掉，落向——其實也不知被風吹向哪裡。所幸雨來了，千針萬線地越過蒼天碧海。氣球猛然下降，海濤似乎近得就要捲走籐籃，忽爾這落勢又停了，這姓曹的海盜以他機敏的反應——此時他的假鼻、鬍子，已被大雨沖得七零八落，就像一張撕裂拼湊的臉孔，只在下巴露出點乾乾淨淨的——飛快地拋掉了兩個沙包。往碳匣加了燃氣，氣球像爬山那樣斜斜地攀升，剛好來得及避開一艘劈浪駛來的大船。

菊子擦掉眼眉上的雨水，把那船號看得清清楚楚，以片假名寫著，馬尼拉丸。主啊。在大雨中，菊子心裡又燃起熱顫顫的希望：我祈求祢。

他在嗎？

由於下著大雨，甲板上一片潮濕。氣球低低地飛過船舷，幾乎快要停在甲板上了。這是風向、海流與氣流難以預料的十月。氣球緩慢地越過雨花四濺的甲板。那隆起的駕駛室，散發蒸汽的煙囱，如果位置剛好，後者稍微可以烘乾籐籃底下的濕氣，甚至也可能把氣球再往上推高些。船上那些沒錢買艙票的旅客，和一些工作的水手，眼看著那像鯨魚一樣航過頭頂的陰影，似乎行將壓下，在傾盆大雨中，發出海浪一樣的叫聲。

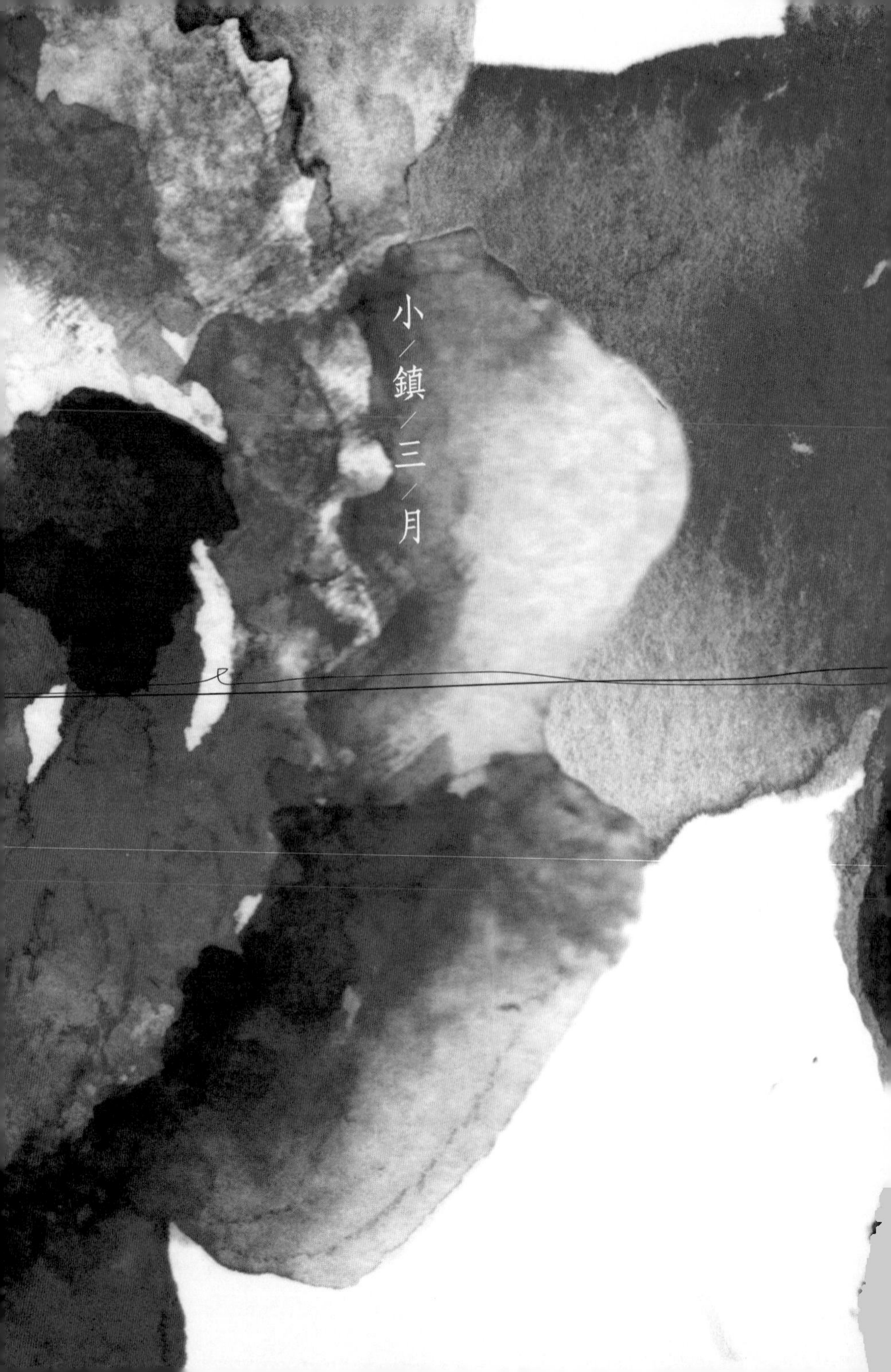

小／鎮／三／月

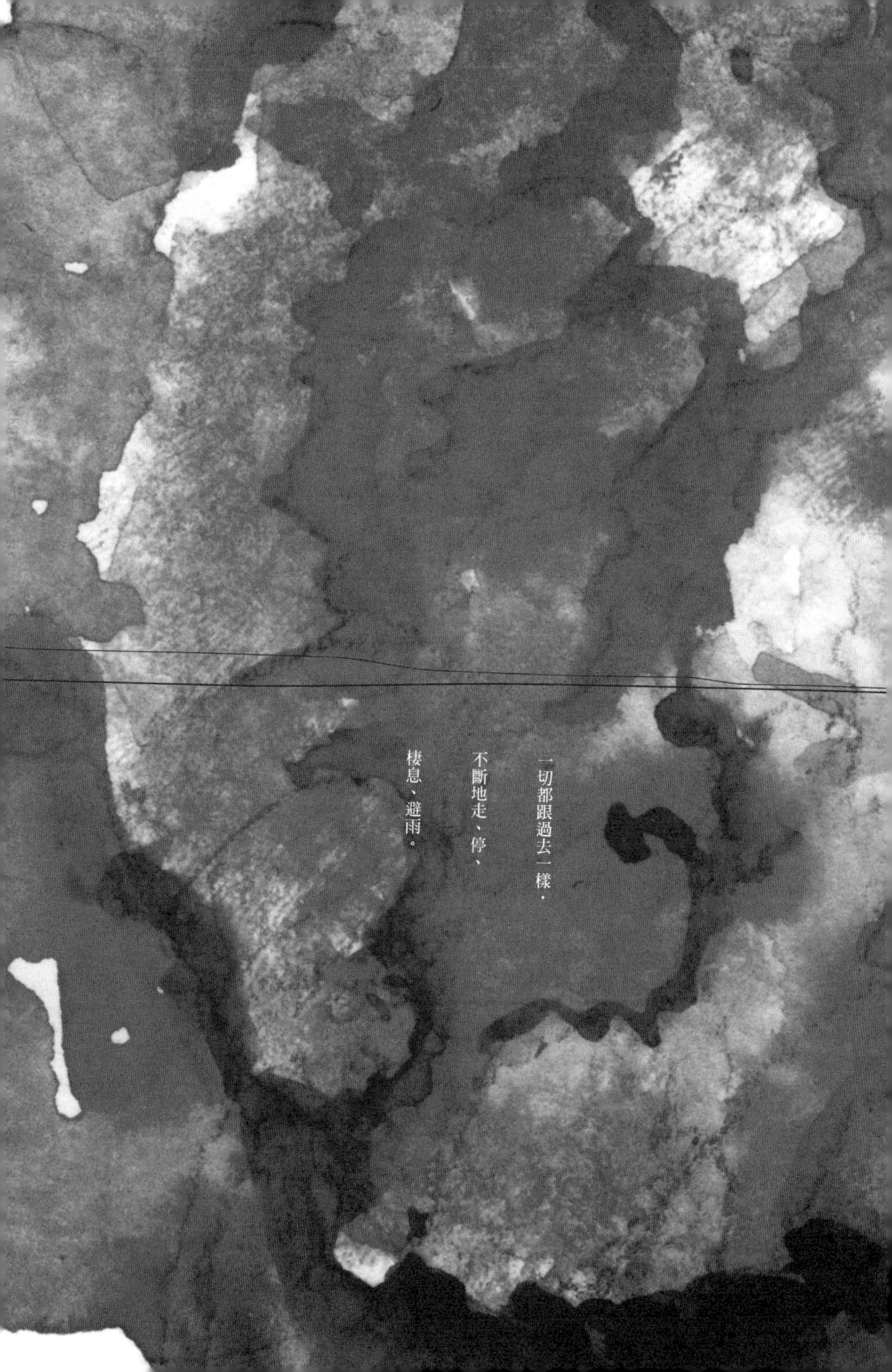

一切都跟過去一樣，
不斷地走、停、
棲息、避雨。

她們熱心地弄著剪刀，打著衣樣
——蕭紅〈小城三月〉

還在兩年前，翠伊手腳靈敏，赤腳咻地一下，氣也不喘就能跑完十間房。房間很少，又高又窄的四層樓，沒電梯。從二樓到四樓的走廊上，平日只亮兩盞小燈。牆紙很舊，圖案是綠紋花卉，牆腳與窗下略見剝跡與水痕。整間旅社只得兩個馬來婦女打掃，她們在這裡做了二十多年。

既然翠伊來了，姑媽就讓她做這件事，在客人離開結帳前飛速進房檢查毛巾、拖鞋、腳墊、杯子、茶壺等物。雖都算不上什麼好東西，茶壺裡也污里巴黑的，抽水馬桶與桌燈常壞，竟也曾被客人脫下帶走一顆燈泡。

天下事無奇不有，真是防不勝防啊，姑媽說。

那是家位於巴士車站附近的旅店，一塊鐵皮招牌懸在騎樓底下，漆藍底白字。放下竹簾擋日頭時，常有鳥窩連卵掉落。

樓梯在舊樓側邊。每個轉角開著一扇百葉大窗，酒店後面就是巴剎，每晨潑啦潑啦地發亮。以往翠伊從底下往上衝，好像跑上燈塔，下來時三步作兩步跳，也不怕樓板破，彷彿跳穿了就會跌入異世界裡去。

今年翠伊二月中就來了。她兩頰長了肉，身體還是瘦瘦的，但跑起來不再像以前那麼快了。梯階彷彿變窄，腳板似乎變大，每一步都得慢慢上下。

偶而坐在櫃檯蹺腳，拿姑媽的指甲油塗上二十根指和趾。學她歪頭聳肩夾電話，怪聲怪氣地喂一聲，南天旅社——。無事便拿份報紙，新生活報或民生報坐在門口讀連載小說，風水手相算命也照著鏡子與翻掌心來看，連姑媽也伸出手板——阿翠，看我幾時可以中馬票。她五根手指就有三根亮刷刷地套著戒子。手腕上有個觸目驚心的刺青，恨，「心」部劃得特別瘦。翠伊問她，刺青不痛嗎？姑媽說，心比較痛。

那是三月的第一個週六，翠伊幫她把一團厚髮梳成高高的髮髻，就跟胡燕妮的一樣。髮夾東一支西一支地插了滿頭。當櫃檯的鈴聲響起時，姑媽的眉毛才畫了一邊。

他媽的，好來不來，老娘沒空時就來。姑媽嘀咕。

讓我去吧，翠伊咕地笑一下。

妳會個屁，姑媽說。

從鏡子裡，透過邊門倒影，可窺見櫃檯情景。姑媽的頭髮美得好比一顆黑色的大螺。但她屁股更大，不耐煩時尤其明顯，一直換重心，也不坐凳子，藏在櫃檯後的屁股抖來抖去。

櫃檯對面的那人背光，那臉色比陰天還沉。

從鏡子裡，翠伊看見姑媽回身喊她。

阿翠。

姑媽從櫃檯轉過頭來，望向門後的鏡子。

阿翠——。

喔，好，翠伊大聲回應，但沒動。她從鏡裡可以清楚地看見這個後生仔。他看起來才大不了她幾歲。

我帶他上去，妳在這邊等。姑媽說。

翠伊看看鏡子。櫃檯前邊的人影挪開了，白寂寂地什麼都無。翠伊從邊門出來，坐在櫃檯後看守。隔壁傻子又唱歌了，咪咪，咪咪——小咪咪——。那傻子待在屋裡，嵌上鐵枝條的窗一洞暗黑朝向大街。他這歌只對印度人唱。一聽這歌，就知道那個印度人又來了。那印度人沒穿上衣，只穿一條褲子，頭髮黏作一堆，粗麻繩似的，像個非洲黑人。這歌吵不醒他，就連翠伊聽久了，也常聽若未聞，呆坐著看大街上往來的影子，思緒像蚊子那樣悠悠地晃，也不知傻子的歌何時停止的。

姑媽的拖鞋啪噠啪噠地在梯間響起。

姑媽的臉移到鏡子裡了。翠伊扒在梳妝臺邊，撐著自己的頭。腳搖多會窮，姑媽說。妳要不要跟我過去？

翠伊慢慢地搖頭。

沒有她可以幫忙的事了。姑媽在畫黑黑的眼線。翠伊聽到有人離開前堂。從鏡子裡，她可以看見那個後生仔在大門前走過。他出去了。

姑媽在六點半以後才終於收拾停當。她身形碩大，一件綴金絲的長袍垂下，對著鏡子顧盼。我看起來高貴嗎？她問。

翠伊咧嘴笑，點頭。

暮靄染得整條街呈絮狀金黃。路面潮濕得像魚背。阿豐坐在櫃檯後，看著小電視上的球賽。雙手交叉擱在脖子後方，舒適地張開腋下一叢黑蓬。

沒人來。翠伊無聊得很，光線暗了，騎樓下一群飛蚊襲向燈管。一陣大雨由遠而近，好像鎮上的屋簷都成了大片廣闊的山巔。街尾的大聲公在雨中隱沒，歌聲時有時無。對街有人撐竿取下懸著的書包。堆在五腳基的貨物一箱箱地給拖進屋裡。車子駛過如船劃浪。天空極黑，偶而閃電才剎那照亮山際與積雲廓線。

還沒到十點鐘，翠伊就打著呵欠翻倒在姑媽房裡。一整夜雨聲忽大忽小，水溝裡的雨聲噗嚕噗嚕前前後後圍裹整棟房子。青蛙彷彿佔領了房子，她曲起腳，彎在被子底下，夢境像載滿青蛙的火車廂那樣顫動。

次日午前，那後生仔到樓下結帳。翠伊照例進房，快快地瞄一眼房間，機伶地點算。這是二樓。房間的大窗朝向街口，窗上有防蚊紗，靠近窗邊，可以看見馬路中間的安全島上閃著交通燈，白色的虛線往遠處斷斷續續地伸展，直至和建築物、車子一起消失在街尾。

在梳妝臺下，有個什麼東西掉下來，像張郵票那麼大的。她把它撿起來，說不上是什麼，看久了，才又感到它比郵票厚，像顆被河水磨薄的石頭，在掌心上滾動一會，彷彿一用力就會給捏碎似的，忽爾升起憐惜之感，就小心地收進袋裡。

在二樓中間的樓梯轉角處，背後窗子投落的天光把她的影子濛濛地鋪散梯上。

妳很慢喔，姑媽說。

她沒了回應的力氣，腿一軟就跌坐在櫃檯後邊的陰影裡。這櫃檯的木很厚，看得見它裡頭的心眼紋，拉得長長的到某個地步就綿綿融掉，一波波地凝在木頭裡。抽屜拉出來。姑媽掏出幾張十塊鈔票遞過去。

身體稍稍後傾，這雙球鞋擦過門檻。短促而清脆霍霍地走了。

上午的陽光從水泥地反射，亮得眼睛發麻。

妳做什麼？姑媽問她。

累，她回答，腳很累，頭也很累。

姑媽打開簿子記了帳，又翻開吊在背後壁板上的鑰匙門號來檢查。這動作她時不時都做。翠伊偶而也這麼做。明知道剩下的是什麼，但還是百無聊賴地查了。預防哪天有漏的，有不見的，畢竟難說得很。

打包了雞腳鹵麵，跟姑媽一起窸窸窣窣地吃。餐廳彷彿浸在一池灰光裡，沒客人來時，為了省電姑媽就不開燈。翠伊感到大家的臉和眼睛彷彿都稀釋了，呈顆粒狀地消散在黯淡的午後，就像模糊了的電視畫面。雨天時綠灰的牆壁變得很靜很涼，她感到自己就像冬天裡飛不動的鳥，動靜降至最低，縮著傾聽。姑媽的聲音像少女一樣嫩而細。

妳姑丈以前啊——

吃飽了，姑媽又再說起往事，說到痛處，便沉沉唱幾句她最愛的那首：整日的抹淚痕——像春夢一樣的無痕——。

考過試以後，翠伊只有茫茫然虛脫的感覺而已。

阿豐大白天總是在睡，偶而醒來吃碗麵，燒支煙，看幾頁古龍，很快又回去夢裡。他是貓頭鷹。這也好，大白天翠伊和姑媽一起守櫃檯，他傍晚清醒了就可以接班。大門開到十二點就關，只剩梯間側門給客人持鑰匙進出。翠伊已經不知第幾次拿起李三春騎龍和觀音顯靈那份翻看，又重翻前兩週的海濱埋殭屍。但就連萬字預測也嫌記憶猶新，不知不覺打了盹。

想睡就進房睡，姑媽的聲音洞洞空空地像自水缸外邊傳來。嗯哼，她含糊應了一聲。

街道如潮水汩汩湧過夢域。

她醒來時只覺得脖子與肩膀麻痠，姑媽正聽著收音機，此刻離三點還有五分鐘。女播報員說。她抹了抹口水。門口暗了。

我要去後邊蒸個包，幫我顧一下。姑媽說。

喔，好。翠伊應了一聲。

天又陰了。一個後生仔跨過門檻走進來。

她抬頭怔怔看他。依舊是同樣的行李，但多了一把傘。

要一間房。他說。

她應該叫姑媽的，但是她沒叫。給證件，她說。

對方掏給她看了。她打開登記簿，抄下。

跟昨天一樣的房嗎？她問。

嗯？

跟你早上一樣的——。她住了口。

依舊是一張壞天氣的臉，但鏡片裡的視線茫然不解。怎麼我好像變成隔壁的傻子似的呢，翠伊想。

她等了好一會，姑媽沒出來，便鎖上抽屜，領他上樓。平時姑媽是不許的，她從來就不被允許帶陌生男人進房。但他看起來只比她大一點。他們走過那間對正街心的房間，那號碼是一〇二，他昨日住過。他沒出聲。她開了一〇三號房門，扭亮燈，立刻就走。

從樓梯口回頭望，見門內透出的一線光，徐徐隱沒在晦暗的走廊裡。

下午雨又來了。大雨滂沱，那雨勢大得可以把石頭打得凹陷似的。五腳基一片濕漉水光，水溝淙淙如急溪。送煤氣來的人穿著一襲淡黃色雨衣，急匆匆地進出，嘿，老闆娘快點磅水——每一把聲音都夾雜了細微的磨蹭。所有摺疊的，貼近的，都因雨水沾濕彼此纏吸，窸窣地擦過撕開。水在靴子裡，水在地板上，水在塑膠袋子上，一切雜音都比平時更多些。路人擠在騎樓下避雨，偶而探頭探腦地往內張望，話語絮絮。雨浩大地沖刷屋簷與溝渠。

下午三點半，那小伙子下來了，木著臉帶著一把傘出去。

茶廳裡懸了面大大的全身鏡，姑媽就對著它唱。啊——霧非霧呀，花非花——。她喜歡唱歌，就算有客人下來抽煙喝茶，她依舊陶醉地唱，甚至有觀眾在場使得她更忘我。客人劈哩啪啦地拍手。滿地花生屑。

以前我在馬六甲銀河夜總會那邊登臺呀，無論是印尼的、新加坡的歌迷，都會到後臺來找我，送到後臺的花呀，多到——唉呀——那時連夢都是香的。

姑媽說。

日本歌迷也很熱情的。姑媽說。把我比成馬六甲的鄧麗君。

翠伊跟阿奶（nei）一起坐在碗櫥邊，她們兩個人各自坐在一張小凳子和一張藤椅。翠伊腳上的木屐濕嗒嗒的。她和姑媽兩人的腳趾都鮮紅著。阿奶的拇趾皺皺地裂成兩瓣，其中一半發黑了。阿奶說自己的趾甲太銳，薄得跟刀刃一樣。阿奶去到哪，木屐就跟到哪，她只在三姑媽家停留一週，過後依舊把這雙木屐包紮起來，就北上找大姑了。當三姑媽唱起莎喲娜啦時，阿奶只是不太專心地聽著。如果有蝴蝶飛過，阿奶也會那樣不太專心地看一下。翠伊常奇怪地想，阿奶怎生得出像姑媽這樣的女兒。但阿奶的孩子裡，除了大姑媽，沒有任何一個人跟她一樣。

日本人裡頭有好人嗎？翠伊問。她知道阿奶活過那個時代，她那麼老。阿奶就說，好啊，怎會不好。他們打跑了馬來人，救了我們呢。阿奶如此認真地說。

她說從前半夜跑路時，跑到十六碑，有兩個馬來人搶走了他們的布，幸好碰上了日本兵把布給追回來。

如果翠伊不問，阿奶是不會提起的，因為阿奶沒興趣談那種大家都不熟的過去，她只對親人的事感興趣，否則就連螞蟻都更重要，碗櫥底下四只櫥腳都裝在碗裡，時不時要檢查有沒有水。

茶廳裡有四五個老顧客，他們的臉皺得像泡過的茶葉，他們的聲音給煙燻得乾枯，只有姑媽的喉嚨清亮，她給自己唱歌，而他們就彷彿順便聽聽的樣子。

八點鐘，那小伙子回來了，他擠過屋簷下避雨的人牆。一進來就繞過那一盆窗下的桔柑，穿過側門上樓。

門外已被暮雨染成鯨背般暗藍。

還差幾分鐘就八點。她瞄了時鐘。日長夜短的時分。母親常常這麼嘆息，長命就長做。來了姑媽家這麼久，翠伊第一次想到她。

整夜又淅淅瀝瀝，蛙鳴此起彼落。

第二天上午，五個客人離開，她跑了五間房。最早出門的是個住了兩天的老頭子，當她進房檢查時，太陽還只透到窗紗上方，一灘水波似地蕩漾在天花板上。馬來女人打開窗，街道喧譁的雜音流洩進來，枕頭啪啪地響，拍走了濕氣與煙味。

又是週三，民生報啪地一聲丟進來。

小伙子離開時，姑媽正上著廁所。本來應該叫他等一等，但看他似乎臉有快色，翠伊接過他遞來的鑰匙與抵押金收據，拉開抽屜，還了四十塊給他。也沒查房，就讓他走了。

十二點還不到。

翠伊翻翻民生報，又是沒完沒了的黨爭。雲頂酒店的鬼。學校廁所的鬼。阿豐前晚讀到一半的小說給扔在帆布椅底下，她撿起來，殺時間那樣讀字。

一點鐘，吃麵。兩點鐘，洗澡。

三點鐘。那雙球鞋又來了，而且就像第一次進來那樣地陌生。那後生仔細地看了壓在玻璃下的房間價格。一間最便宜的多少錢？他問。

這人到底有什麼問題？

想歸想，嘴裡卻只管背書般死聲死氣，押金四十，單人房沒廁所二十五，有廁所的四十，十二點check out。

收證件，抄資料。

住幾天？翠伊照例問。

一晚。

姑媽在櫃檯後面的帆布椅上睡著了，嘴巴時而呼嚕張開，唧咕呱啦的囈語。客人來了也沒被吵醒。翠伊轉身從板壁取了另一間房的鑰匙，一〇五號，捏在掌心裡，一步一步上樓梯。

這間房的窗子給一棟建築遮蔽了，更暗。他悶聲不響地進去。門關了。

翠伊回到櫃檯前，繼續看這一天的民生報。在雲頂酒店裡，千萬不要把整個櫥櫃的門拉到盡頭，總得留下空間給鬼藏身。她手臂瘦瘦的，捏著報紙有時會發抖，但不是因為怕的緣故。

姑媽喜歡登臺，這個月底還要到馬六甲去，跟一個五月花的歌唱團搭戲臺。等到姑媽出門，翠伊也該回家了。她想像不出，如果姑媽不在，留下她和阿豐兩人彼此相對，能有什麼話說呢。小時候他們是挺熟的，但兩三年前就開始生分了。翠伊考試啃書兩年沒來，再來時阿豐變得陰沉，像另一個人了，每晚關上大門出外晃至三四點。偶而出入浴室或在廚房裡擦身而過，翠伊的脖子就縮進肩膀裡。一天晚上，翠伊從廁所出來，看見阿豐沖飲料喝，心裡猶豫，幾步之外就不再往前。他也感到異樣，拿起杯子就走，沒瞧翠伊一眼。

阿豐像姑丈，越來越像了。

三點半，鞋子擦過門檻。那後生又出去了。這次沒帶傘。太陽滔滔湧過，五腳基燦爍若海。

櫃檯底下的兩格，收著些許客人留下的東西。報紙、牙刷之類當場立刻就丟了，留下來的有日記簿、鞋子、衣服、書本、化妝品、雨傘等等，有者停滯了六、七年不止。翠伊抽了一本客人留下的小說，沒有封面，也不知作者何許人也。隨意從中間翻起，一大串肉麻之極的對白。主角們經歷長途旅行，跨越好幾個大洲，漫長的數十年，那遷移的路線往返重來，簡直就像分住南北半球的飛鳥和魚群——不知結果如何，三百多頁以後就剝落了。

最近這些日子瞬間就變天，午後常有迷路的雨。有時雨不是逐漸變大的，而是一來就滂沱，像快要淹沒整個小鎮。雨潑濕天井旁邊晾著的毛巾。得快點把遮雨的屋簷拉上。翠伊拉緊繩子，看著頭頂上那顆小小的齒輪轉動。

那後生仔濕漉漉地回來了。像給鬼追一樣匆匆跑上樓。

週四一早，新生活報給扔在捲門下。姑媽早上起來，打包了雲吞麵三個人一起吃。一如以往，阿豐跟姑媽一同桌就吵架。

跟妳講妳也不懂的啦，阿豐說。除了唱歌妳什麼也不會。

姑媽就生氣了。

你就很有本事，連ＳＲＰ①都考不過，還想讀ＭＢＡ？你讀屎啦你——

阿豐騎了摩哆就飛出去。白煙嘟嘟噴了整條街。

養豬更好，姑媽說。說完就去洗碗。

天陰陰地，又暗了。沉沉的，灰光流滿整棟房子。

三點鐘，那後生仔又來了。翠伊見他那件衣服，依舊是不沾塵般的整齊潔淨。她把鑰匙交給他，沒再帶他上樓，先生你自己找。她說。今天的右手和右腳，像泡在水裡的海藻一般，一直抖啊抖的。

他來了。他又來了。每天中午之前離去。每日下午三點又回來。除了我也沒別人看見似的。姑媽偶而翻查懸掛牆上的鑰匙，對照入住的登記簿，她難道一點也沒發現？她沒發現我私自幫她收了客人嗎？

在三月的第二個週三，那是民生報丟進門內的日子。翠伊受不了這冷颼颼的懷疑，它正從肩膀一波波地降落到腳趾頭。當對方遞過五十元讓她找錢時，她幾乎想伸手去抓對方的脖子，好確認那是活人的體溫。

一、二、三、……。不好意思，鈔票沒小張的了。翠伊說。

八枚五角錢硬幣，七枚兩角錢，十六枚一角錢。在他前面數了，用手捧起這堆錢幣，他伸手在底下接，錢幣清脆地響。

再加上摺得小小短短的三張鈔票。五根手指幾乎佔滿面積。但他卻只用指甲尖一觸，就挾走了。

三月的第二個星期五。三點半，一秒不差，那後生仔帶著雨傘出門。翠伊也帶著雨傘出門，像個偵探那樣警惕地追蹤著。

陽光撲落大街，路面極亮。三月暖風捲走了報紙。這人像遊魂那樣亂走，他停在奧迪安戲院前，但沒買票進門，卻不知怎地停下坐在行人道的欄杆上。

翠伊坐在巷子旁邊的咖啡店裡喝玉米水。等到冰塊都融完了，他還坐在那裡，蜷得像蝦唉。來月經時是不該喝冰水的，腹部會抽搐，好痛。如痛得過分了，手腳也會抽搐。

他走了，跟著走。他會餓，他吃麵的。

①初級教育文憑考試，在初中三年級時全國一起進行的考試。

在紅色郵箱前越過馬路時，這人停下來，轉頭四顧。翠伊機伶地轉身看看玻璃後面，傘下的王祖賢巧笑倩兮。

一輛漆藍的巴士轉彎擋住了他。偌大的字母與黃藍漆亮的條紋，裂開了街景倒影。有人會看出來我跟在他後面嗎？她經過鞋店時，看到裡頭那女人一直坐在玻璃櫃檯後，心裡不由得打個突。這女人成天伏在那裡支著下巴看人。說不定什麼都看到了。

雜貨店的那個老太婆，她也是個一成不變的人，每天坐在藤椅上，一定已經把一切看在眼內。她活像座鐘，搖著扇子坐在屋簷下，看著來來往往的人，看每個人在屋裡做什麼。哪個人幾點鐘搭幾號車出去、搭幾號車回來，哪個人騎腳車和誰一起經過，哪個人停車在這裡，哪個人的車牌被抄了，哪個人在對面買了什麼東西花了多少錢——像這樣的芝麻綠豆小事你只要問她，她如果高興就會告訴你。

翠伊不理會這老太婆怎麼想。

我也是外地人。翠伊想。

這傢伙每天都會跑進一間女裝店裡，他走路時總是側頭望進門內，望進店裡，看那些有影子的角落，看每一張臉。他每天一開始走的路線幾乎都一樣。出了旅社就往左走，過了一條巷子，經過傢俱店。尖囂的鋸木聲與隆隆平板的挖泥機噪音，那聲音聽起來就像有個人下巴脫臼了，躲在什麼地方嚷著抖不停。人們靜靜地走路、開車，絲毫不為所動，他就和這些人一樣，每天每天走在這條街上。

直到大雨來臨。

雨打亂他們的步伐，雨來了他就必須應付這場雨。如果有雨傘在手，可能簡單得多。但他不再在小販檔口前面躑躅詢問，因為雨太大時他們可能就不來了，或者忙著收起油鍋不賣了。他得繞過超市前面的一堆紙箱與貨車，繞過積水的水窪，避開一輛濺水駛過的汽車。在大雨中，他繼續邁向戲院、女裝店、錄影帶出租店、五金店、麵包店，最後必然會到巴士站的櫃檯問一問，站在那裡看看時間表。

如果沒有雨傘，他或會去買雨傘或雨衣，或用張報紙或紙皮擋在頭頂上像飛鳥那樣滑越馬路，或像根柱子那樣等在屋簷下。他從不領受昨天的教訓，似乎總忘了這裡天氣多變。

中午結帳離開後，翠伊從他住過的房裡把雨傘拿出來。

櫥櫃的第二格抽屜裡，已經收了八把雨傘。

某個下午三點，在第十八次收了押金、交了鑰匙給他後，翠伊將雨傘都堆在櫃檯上，有直筒式的，摺疊式的。格子紋的，花卉狀的，淨色的。

你的。翠伊說。全部。

他莫名其妙地看著這些傘。

不是我的。

翠伊沉默了一會。她同情起他來。

你可以拿去用，翠伊說，這裡常下雨。

謝謝，他說。他抬眼看她，她望進他的眼睛裡，一霎不霎，很安靜地。

出門記得帶傘。翠伊說。

這年的三月非常潮濕。有時黃昏來了才下雨，有時午後兩三點就淅淅瀝瀝地落水了。他像一般人，見日頭耀眼，就懶得帶傘。但當涼風颳起時，天色很快就暗了，烏雲瞬間如帆船籠罩天空。總是隔著兩三間店鋪，與那人保持一段距離，遠遠地看著。他一動不動地像隻蛾，棲息在騎樓下各種雜物堆疊的沉沉暮影裡。遠遠地看著，哪怕帶多一把傘，翠伊也總是不曾往前。

傘把三月摺進尖尖稜稜的骨裡。這不該如此潮濕的三月。

每一場雨都難以預料地改變一天的路線，然而無論他路線有何不同，以及中間的一些細節不乏變化之外——似乎沒有別的意外，抑或意外已經發生了但在記憶裡不留痕——除了這些零零碎碎的：譬如在路上遇見一條老狗，譬如曾經掏錢給一個要錢買煙的老頭。譬如曾經在百貨公司廊前停下來，仔細看布告板上的租房廣告，這使得翠伊懷疑，他也許打算在這裡住下來？又譬如曾經在古廟前避雨，跟一個印度小孩買濕花生，給一個算命的男人扯住。有一天他撞翻了一輛賣番橄欖的腳踏車。他們狼狽地撿拾一顆顆硬實的綠果子，有些被雨沖走了。那小販也許損失了好幾塊錢，而第二天回返的後生仔卻對此一無所知。有一天，他不再在戲院外呆看海報，而終於買票走進戲院裡，這簡直是大突破，使得翠伊忍不住也買了票跟進去，但坐得遠遠地──那一天是林青霞飛仙飄飄的東方不敗。她陪著他在寂靜的戲院裡看了兩回。但打從第四回開始，翠伊實在受不了了。行人道上枯葉寥落。掉落的枯葉無法被雨潤回生。她如此無可不可地想著，買了支汽水叼著水草撐著雨傘在戲院外邊靠著欄杆等，好奇怪啊，我竟跟這個被跟蹤的人一樣了。這是假期，這是假期！這是個奇怪的外來人，外地人！好像發生了些事，但其實又什麼也沒發生⋯⋯。或許只是因為他的來臨，以一種極其微不足道且零碎的方式漫步在這條街上。如果有什麼轉變，那也一定是零碎且微不足道地在這鎮上匍匐著：這些小販的口袋、戲院內的位置、這地上的水跡、一隻為了避開他而跳走的青蛙（也許牠會因此而遇上另一隻母蛙、吃掉另一些蚱蜢或蟑螂蟲蟻），以及翠伊本身在這一年三月裡的記憶。翠伊跟著他一直一直在這鎮上徘徊。彷彿這裡有個不能越過的邊境，四周圍的山巒綿延圍裹，這小鎮就像只空碗。

從三點半到晚上八點多，他們持著傘在這鎮上兜來轉去。

我真無聊，翠伊會這麼想。但重複地讀著不知讀了幾百遍的連載小說也很無聊。翠伊不知他的目的是什麼。他到底在找什麼呢？某物，或許是某個人？然而他真在找著麼？是否他忘記了曾經來過？難道每次結帳出門，兜一圈就忘了？

三月第四個星期六，翠伊從他房裡總共收回十八把雨傘。他像往常一樣，在櫃檯那裡結帳，略數找回的錢，提起行李掉頭就走。翠伊鎖上錢櫃，鑰匙放進姑媽的口袋裡，她攤在帆布椅上打鼾。

翠伊撐傘，在大太陽下遙遙跟著。

這個人快步經過中藥店、迷你市場，經過了巴士車站他沒停下，沿著馬來人的嘛嘛茶檔②，越過小河，走向火車站。

翠伊沒再跟了。她遠遠地看見這個人到火車櫃檯前面買票，在正午十二點半左右，他走進了欄杆內的月臺。

她依舊遠遠地在樹下站著。那旁邊有三株旗杆，一株是國旗的，一株是州旗的，一株是空的，一道白線單調地佇立，路旁的黃蟬花盛放如太陽。

終於要走了。她想。火車壓軌的聲音傳來了。

終歸走了。她這麼想，就這樣結束了！而我仍然什麼都不瞭解！她悶悶地想著，然後就離開火車站。

電線一叢一叢地在轉角處打叉交接，在灰白的天上繪了一條顫抖的粗毛筆線。在街心深處，有一把錘子在持續而耐心地敲著，像啄木鳥一樣從遠方的森林裡傳來空空洞洞的聲音。

她沿著騎樓下方走，所有貨物，那些書包、那些吊著的神料品、那些散開一地紙屑的彩券投注站，那些紅那些綠，在雨來之前沉慨慨的午後空氣裡，全都灰撲撲的，沒什麼可以振奮的。

腿好像縮小了，右腳彷彿穿過棉花無底無心地走著。

回到旅社裡，她一卷卷地撕下紙巾抹汗。擦得滿脖子下巴都是紙屑，風扇撥動午後暖呼呼的空氣。騎樓下的水泥地一片灼白，她瞇起眼睛昏昏地想睡。

還差五分鐘就三點。她吃驚地看著他——像夢似的竟又跨過門檻走進來。

但他並不知道自己回來。他像個初來者那樣，低頭看看壓在櫃檯玻璃下的價格。

一間最便宜的多少錢？

依舊是球鞋、灰白格子的襯衫以及一個行李袋子。

押金是四十二塊半。翠伊說。

依舊是一張烏雲般的臉背著光數錢。就是這樣才帶來了雨，翠伊想。

翠伊把幾枚硬幣放進他的掌心裡，第一次擦過了他的手指，啊是暖的。

她帶他上樓，看著他進房，站在廊上，光從室內洩出，潑灑腳趾。

他放下行李，想關門，但她呆站在門外使他很困惑，好一會兒，他見她依然沒有離開的意

②嘛嘛是Mamak之音譯。Mamak為印度裔回教徒的俗稱，嘛嘛茶檔即為印度裔回教徒經營的半露天茶檔，常見於馬來西亞半島的城鎮，多售賣茶水（拉茶、咖啡）等各種飲料，印度煎餅以及馬來人和印度人的麵、飯菜等食物，店內常掛有爪夷文書寫的可蘭經文。

思，便從口袋裡掏出錢包，找出一元硬幣想遞給她。

翠伊立刻轉身跑下樓。

次日中午，他又再結帳走了。翠伊再度跟著他到火車站。這一次她站在月臺欄杆外的角落，假裝自己像別人一樣來送行，站在一盆茂盛的萬年青旁邊。那個負責看守門欄的馬來人問她，妳也是來送人的嗎？要進去嗎？

她搖頭。他並沒有坐得很遠，她可以看得見他。

他彎著背脊，兩手交叉。坐在一張油漆剝脫的長鐵椅子上，看起來鬱鬱寡歡。但他到底想去哪裡呢？她渴望知道，但現在他們沒有交談的可能了。他的眼睛沒有看見任何人。他有一件很舊的外套隨隨便便地塞進行李的拉鍊裡，皺成一團。

火車來了。她看著他上車。

當火車走的時候，她感到自己在原地退後。她幾乎想要揮手，好像這是個必要的儀式。她離開火車站，經過火車軌道的拱橋下。綠坡上落花與枯葉繽紛。她越過一座橋，低頭看底下的溪流，它從山上流到這裡，周圍已砌上水泥，成了水渠。她想起以前曾經聽過，有個很年輕的學生在山上的瀑布溺水。她的屍體給沖到鎮上，就卡在教堂和馬來人的小食攤之間。

翠伊想起這件事情時，就想起第一次聽到時悲戚的感覺。那以後每一次回想，就好像在重複第一次聽到時的酸楚之感。她感到自己的右腿硬麻麻的，快變成木柴了。也許我就要轉化為木頭人了也說不定。一個木偶！她這樣想著。起初必然是從什麼地方開始逐漸硬化的，就像四姐那樣。他們說她太早生孩子，生了孩子又沒坐月，一家人住在工廠裡日日夜夜做塑膠杯。醫生說她腦子裡支配右肢的神經正在萎縮，所以右腳才變得不靈活了。如果多運動會好一點嗎？母親這樣問。醫生說，可以試試看。

但她不能做家務。連洗個碗都不能。翠伊看著姐姐時，常常覺得那是個不知道該怎麼辦的人生。但四姐卻好像渾不在意、連痛苦都從腦子裡割切了那般歡悅地笑著，在塵屑味極重的住家工廠裡，大聲洪亮地說話。翠伊有時感到自己反而承接了姐姐身體的痛苦似的。

翠伊走過馬來人的嘛嘛檔，看見後面的金急雨開滿黃花。花瓣一團團地懸在枝椏上，像一只只鏤空的燈籠，連大白天裡也是燦爛的。那落英紛紛的斜坡離路面很遠。她想像秋天或春天的樣子。

烏雲從樹後湧來。

大雨來了。大雨嘩嘩地發藍。水又淹沒了溝渠，急湍地，如梳子那樣細密地流進每處窪坑，到處都有大大小小的瀑布。千針萬線地落在額頭與眼臉上，必須把水和髮撥開。風把傘颳走，它隨波逐流一陣就沒入水中。翠伊看見自己的手縮短了，手骨一支支如椰骨散開，像扇那樣張開一排細密的骨，皮肉如薄翼覆罩骨間，它化成魚鰭了。大水漫過小鎮。她的右腿是風箏與魚尾的混合，但哪怕只化一半也夠了。她顛簸地游過了大街，游過整排店鋪的牆與窗，游過一個如牧場般的綠坡。她顛簸地騎在水上。經過牧場時她看見一個女孩子在跑。我必須從我的女主人那裡逃走，這女孩從很低很低的地方朝她嚷。

翠伊顛簸地游過了魚骨狀的天線，她感到很自由。

直到來人的指尖清脆地敲在櫃檯上。她抹了抹嘴邊的口水。

有房間嗎？

翠伊幾乎要叫起來。不，她只是張開口，聲音很快就離開身體、離開午後風扇攪動的大廳。

最便宜的房間一晚多少錢？

火車現在該到哪裡了呢？翠伊的腦袋已經無法思考。

怎麼回來了？翠伊問。

他看著她的樣子彷彿她是個神經病。

半個小時以後，當他又再撐著雨傘出門時，她不禁也跟著跨出門檻。她對他已經相當熟悉。他卻不記得她。他不認得她。這不公平但沒有關係。緊盯著此人背影，蹣跚越過小鎮，經過同樣的巷子，同樣的銀行街、巴士車站、警察局和郵政局，這一切是如此熟悉，以至於她根本不會把這景物擱在心上，好像它們全都是瞬現即逝的水影，只不過是為了造一條路讓她經過，一片意識中恍惚浮漾的水域，全都被水滲透同時又濺射水花。那些白灰色的柱子、暗影幢幢的店鋪、堆滿貨物散發腥味的箱子、安分而衰老寂寞的人，她經過他們而一眼都不看，經過無數根柱子，然後再穿越巷子，在沒有屋簷遮擋的地方，雨在頭上和每一個平面上喧叫。雨從傘沿淌下。路面溝渠阻塞了，一片積水被雨打得冒泡，一群水泡像天外飛碟似的，降落在髒水上浮蕩，爆開，消失，復又出現。他跑進服裝店，她在外頭等，在一家印度檔的防雨布棚下，兩腿濕濕冷冷，右邊的軀體一點一點地冷麻了，然而心頭又熾熱地想動，揉揉它，等他出來跟著走時就不會麻痺了。她想知道他是誰，每跟一步都怕給人看穿。但說不定給人看穿其實也沒什麼。知道就知道吧。可是不要給前面這個人知道。

一切都跟過去一樣，不斷地走、停、棲息、避雨。一切又是不一樣的：停在哪、望向哪、挨近什麼、跟誰擦身而過。經過的流浪狗或貓。看見的電影海報。數星期以來，李連杰已給換上了布魯斯威利。

然後回來。潮濕，寒冷，發抖。

翠伊覺得一定是燒壞了腦的緣故。她渾身發熱，脖子滾燙。雨珠從高空沖下，強勁地敲碎窗篷上。牆內的聲音都給這轟耳的大雨拭滅。走廊的黃燈幻若霧氣掩飾破落的牆紙。右手指尖還是硬的，但她感到裡頭不管用了，它正軟成河面上的水草，慢慢地就會連一根手指都動不了。她用左手持鑰匙開門。這一晚她讓他回到了他最初來的房間，一〇二號房。

他睡在裡頭。桌燈還亮著。

一種說不明白的蠱惑使她躺下來。真是無法置信，悄悄地躺下來，他沒驚醒，是了。這個時間他在睡覺。這是屬於他睡夢的時間。我此刻就只是經過而已，他將不會記得我。回返的他什麼都不會記得。

喂。

這樣的低語好像是在喚他。

你為什麼每天都來？

他沒有動靜，眼睛閉著，翠伊仔細地看他的臉。他的臉落在紅格子布的枕頭袋上。睡得像孩子。她看不到他的眼睛了。但可以看著他呼吸，鼻息輕微地起伏。腿毛濃得跟猩猩一樣。

她看見他的手掌半藏在枕頭下，隱約可見一丁點邊緣，剩下的大部分彷彿藏進層岩間。她把自己的手擱在床上，與那隻看不見的手比較一下。似乎夠靠近了，但中間還隔著一條紅線。她想起表姐秀梅說的話，並試圖想像這樣的感覺。如果一個人的手讓妳感到安心，那可能就是一種愛，至少是對愛的懷念。

你在找誰呢？

你是怎麼來的呢？

在他唇上有個淺淺的凹溝。她想像他來到這裡要找的事物，想像那可能是任何一個人，但也可能根本不是找人，只是一個分身，習慣性的回到這裡尋找——尋找著尋找。有時候，人還活著就有某個部分死去了。於是那部分就開始輪迴。她以前看過一篇奇怪的故事，就說人是有可能遇見自己輪迴的轉世。有一個住在檳城浮羅山背葫蘆廟裡的和尚也這麼說過。不懂為何這個故事給了她很深刻的印象。這答案就像是一個哪怕晾掛在外、就算目睹了也依然難解的祕密。你到底像誰呢？她想，然後回想。這回想的感覺彷彿尋找某個潮水隱祕拍擊的水道，而岩崖上的砂與草卻對此一無所知。就連對於遠方颳來的風而言，那迷宮般的洞窟蜿蜒徑道也是祕密了。她想。生活就是祕密，報紙也是，旅社裡的每一扇房門更是。乃至於人們說的每一句話、哭笑、時間、孤獨、生存：全・都・是・祕・密。包括這件事，此刻。尤其是這件事。

燈罩上的一隻飛蛾棲息。光線變了。

是說不出來的事情嗎？

然後她翻身，覺得異常傷心。彷彿那頭冬天的鳥快死了。在腹腔裡，縮得像捲鬚植物那樣，帶著它全部的溫度與時間封藏成化石。

你要我幫忙嗎？她又問。聲音很低，彷彿是在自問。

她跑去窗邊看。雨很黑，什麼都看不到。防蚊紗太亮。她的手伸過去碰著了桌燈。如果我的手穿過了它，那我就是在作夢。蛾飛走了。她把口袋裡的東西掏出來，它現在是一塊石頭了，就是那種散落在河床底下，被流水磨蝕得異常光滑的卵石。上面有一些灰色花紋，像文字似的，但又不是很像，也許還在長。她把它擱在桌子上。

我就要回家了，以後再也不會來了。她說。我知道你不是來找我的。

她撐起自己時，右臂一陣痠麻，幾乎就要倒在這人的身上。心裡撲撲地跳。他蜷縮著睡，像個孩子一樣在他自己裡邊睡著了，好像在很遙遠的，她潛不著的海底。沒有關係。每個人都有自己的海。她看牢他一會，那就像看著水面一樣。儘管仍未遠離，然而她已經開始在想念他。卻不能更近了。

無論如何，藏著祕密的我，也已經不是孩子了。

但願這一陣，藍色的波濤。

三姑的聲音是那種很薄的聲線，跟她平時講話的聲音不一樣。拔高的時候變得尖細，人家說這不是好的唱法，唱久了聲帶會壞。三姑因而總是很遺憾。多年來她一直唱唱停停。她不是最好的，但還是在唱著。

你以後要不要來找我？

如果你來我家看，我家地板是裂的，裂成很多塊，中間隆起來，好像發生過地震，但其實不是地震，而是在底下有一頭鯨魚。

吉打州本來都是海（Laut Kedah）。有一天，海水退了，船掉下來時敲在鯨魚頭上。船底裂開了。那是在海底活了很久的魚，牠在漫長的時間裡黏附著砂石、貝殼、苔蘚、各式各樣的寄生物，想像一下，跟石頭一樣硬的繭皮。海退走以後，我公公找來木材、泥土重新修補地板。不過，那以後它仍然在裂，每隔幾年就裂開一次。

我阿奶看過祖先顯靈，她說底下那頭魚只剩骨頭了。我們家跟其他人是不一樣的。我阿奶這件事是不會說謊的，騙來幹嘛呢？除非記憶騙了她。如果你問她，日本兵壞嗎？她就說，差不多啦，不管什麼人都有好人和壞人。

翠伊又寫。

我去年剛考完試，每個科目都背兩三本參考書。一本是不夠的，因為沒有任何一本齊全，雖然都大同小異，常常就是那一點點不同——字多圖簡，或字少圖繁——孢子圖、礦產地圖、青蛙與人體的解剖圖、單細胞與複細胞生物的橫截圖、重金屬的核子電雲，它們的波動可多達幾十種雲圖，你摸到的每樣事物都由千萬片銀河系組成。一顆無限小的原子電雲圖可以旋成無限多的雲圖，或呈循環八字或呈土星狀或呈雙土星狀，或呈一朵內旋花瓣……那方程式是多麼複雜啊，好比昆蟲的求偶、求助、戰爭乃至純粹相遇行禮之舞。你看過探索頻道的紀錄片嗎？無論多少根弧線都無法畫盡的翼舞。肉眼看不清，只有機械的鏡頭才能放慢它們。一眨眼千萬次的舞動。那是多快的一瞬。在那一瞬間牠們到底說了什麼呢？

她在心底研磨良久，想著，那片沒人相信的海，那藏在地板下的鯨魚，以及如果可以瞭解那鯨魚腹部裡頭的沉默，這到底意味著什麼。地板裂了，屋子動搖，身體也動搖。於是有些什麼便汩汩湧出。但最初還沒有語言，只有聽不到的尖叫拔高。那到底是什麼在轟響。

親愛的聽眾，現在是一點鐘了。

三姑，我出去一下，翠伊把這紙張撕下，藏進口袋裡，再把登記簿子擱上。好像這樣就可以把心口的鐘擺給安定下來，它懸在半空中的定點上，等著衝破空氣，開始另一次晃蕩。翠伊覺得自己躁動不安，無法光坐在這裡等待。她想從腹腔裡嚷。

茶廳裡的歌聲拔高至頂端，須臾停頓。

那就去啦。姑媽說。

現在翠伊一個人走過戲院，撕剩的票根、吸水草、糖果紙被風捲作一堆聚在階前。有些五腳基的水泥地高起來，有的矮下去，一路上她的腳就忽高忽低，起起伏伏地走著。阿豐會說，因為這是個沒有未來的地方，每個人都死氣沉沉地住在這裡。

翠伊覺得不是這樣，雖然她說不上是怎麼樣。雖然阿豐講的話有可能是對的。但也許這裡的人其實早就已經出走過了。如果連我明天也走了。她經過鐘錶店，忍不住又瞄了一眼時間。牆壁上掛滿了時鐘。

腳步漫漫地搖過了巴士車站、再過了中藥店、迷你市場。藍白兩色三層樓高的警察局，兩個馬來警察藏在樹蔭底下鬆弛地聊天。在斑駁的陰影之外，大片水泥地上灼亮的反白，使翠伊皺起眉，瞇起眼。

巴士車站前面，地上一片濃郁的黑油。我應該去搭火車的，翠伊腦子裡這麼想。她想像軌道下的鵝卵石，以及月臺上剝漆的鐵長椅。雨天裡火車軌道看起來很靜很荒涼，在某個地方它會停下來給別的火車經過。她一頭鑽入這熱爐般的巴士車站，周圍剎那暗了，另一端依然曝亮，光從鐵花門瀉出，在地上折射如扇，散開成無限多重的影子。

【跋】

在語言裡重生

黃錦樹（暨南大學中文系教授）

理工出身的馬華詩人在讀賀淑芳的小說《迷宮毯子》時，遇到了閱讀的障礙。根據他的描述，他一共失敗了三次，「無法順利把這本書讀完」：

第一次從開始讀到〈創世紀〉，發覺自己沒有消化之前所讀的，正確的說是沒有讀懂之前的幾篇，所以停了下來。第二次，重新開始，跳過〈月臺與列車〉和〈時間邊境〉，到了〈創世紀〉後就讀〈像男孩一樣黑〉，再跳去讀〈別再提起〉。還是覺得沒有十分把握小說的情節和意境，甚至不能完全明白一些文字的描寫，再次停下來。第三次，先讀〈黑豹〉，下來是

〈別再提起〉，〈別再提起〉是我比較可以深入理解和讀懂的一篇，要再讀一次，是因為以此來帶入閱讀其他的幾篇，像個引子，由淺入深，或許會克服我的不足。再自〈死人沼國〉順序讀下去，書籤還是停留在〈創世紀〉的一半很久，沒有再翻動過。

（黃建華facebook，2013/9/15【讀善其身】賀淑芳—迷宮毯子）

黃建華說讀我們其他人的文字沒有類似的問題，這到底是怎麼回事呢？賀淑芳的小說語言到底有怎樣的特性，以致造成如此的閱讀障礙？

認識賀淑芳的人多半都知道，她寫小說近乎苦吟，文字反覆打磨、挖、改、刪、削，釘釘補補的，唯恐找不到確切的詞語，每每在那上頭花了許許多多的時間。這當然有美學的信念在裡頭（某種程度的現代主義），但在美學信念之前，卻是她與語文的近身肉搏——出身馬來西亞國民教育系統，對華語文的掌握也許並不如國文（馬來文）那麼流利順暢。在創作時，當意識到必須運用文學語言（那迥異於日常說話不講究遣詞造句且經常可用方言土語隨意置換只求達意的華語），整個緊張的搏鬥就開始了。也就是說，她可能比一般的寫作者更意識到語言自身的陌生化，它造成（或刻意尋求的）效果往往迥異於流利順暢（如同大部分有留台背景的寫作人，流利之極者如鍾怡雯龔萬輝；或取徑於當代中國小說而極其流利者如黎紫書），也就是我所謂的中文。但賀淑芳採取的路徑也許與溫祥英相似（溫的英文教育背景），都是艱苦的和語文搏鬥，但效果有異有同。同處在於形成生澀的效果（在書法美學上，生是對熟——尤其是爛熟——的節制），而讓文字有特別的韻味。其差異處在於，溫比較蕪雜，更多方言土語的引入，有時也比較囉嗦。但賀淑芳卻似乎力求一種簡潔明淨。

加上她對陌異的幻想的偏好，對事態的獨特思考，突現的意象、突如其來的比喻，又因為賀淑芳寫作上高度的自我指涉，當然都會造成理解上的困難。在〈重寫筆記〉和〈創世紀〉這兩篇思索寫作與實存的篇什中都有集中的展現。寫作不只是與生命的搏鬥，它簡直就是生命本身。因此，〈重寫筆記〉中那打劫的遭遇、被搶走的電腦、失去的稿子、不想做的工作、死亡中的母親……那一切一切，彷彿只有寫作能超越它，找到生命中的救贖時刻，與自己和解，重新找到生命的意義。〈創世紀〉則是更狂暴的演繹寫作與瘋狂、臉、自我的建立，尖銳的顫音讓語言也變得破碎，更不易理解。但這兩篇小說透露出的訊息是：只有寫作方能超越此在的庸俗性，超越偶然歷史條件賦予的生命的平庸——出生、成長、結婚、生孩子、工作，在窮鄉僻壤或小鎮重複上一代的生命週期。只有寫作方能讓自己重生。那是對自己的深刻的愛，以語言為手臂，迴身擁抱自己。自己創造自己。讓自己成為自己的母親（一如我們這些研究馬華文學的人必須成為自己的父親①），必須重新把自己生下來。必須重新降生在語言裡，像個孩子。但這時的語言並不是孩童學習母語（照顧者的語言）時那般可以自然的獲取的，它像是外語，需要翻譯；它飄浮在外部，必須奮力去攫取它，用力抓住它，把它擰斷、重新打磨、挖空、裁切——磨去稜角、磨出銳角——藉以重組出一個也許苦澀也許溫暖的世界。溫祥英如此，賀淑芳也是如此。這是馬華現代主義很有趣（或許也是特具理論意義）的一個面向。

以這兩篇為核心（它可能是賀淑芳關於寫作的基本宣言，她的〈論寫作〉），畢竟她決心以寫作來建構人生的意義時，已過了而立之年。發表〈別再提起〉（二〇〇二）時三十二歲了，〈別再提起〉裡的「大便」構成了敘事的核心——它既是名詞也是動詞——既是馬華文學史上最有名的一坨屎，也是最著名的一場排遺秀，它之空前絕後，在於它是透過屍體來排放。就它的獨一性而言，它也是一個文學行動、既是一個前衛的文學姿態（強烈的格格不入、獨一性），也是社會象徵行為（華巫種族關係最鋒銳的刃口之一。只有盲目的理論家才會忽視文學性的社會行動面）。它迫使讀者重新去思考馬華文學的「此時此地性」（這當然是個老觀念，

①藉法國哲學家阿爾都塞（Louis Althusser）的表述：「在哲學上，我也必須成為我自己的父親。」蔡鴻濱譯，《來日方長：阿爾都塞自傳》（上海人民出版社，2013：180）

但它依然確實）。從這角度來看，〈別再提起〉已經是個文學宣言，只是它太晦澀，它的所指味道也不好，並不易被理解。隔了差不多十年的〈重寫筆記〉和〈創世紀〉相較之下清楚得多，雖然對大部分讀者而言可能仍是難以理解。

〈別再提起〉裡的「大便」，到了近作，展現狂暴情慾、讀來恍如施淑青《她名叫蝴蝶》的婆羅洲版的〈十月〉（《短篇小說》二〇一四年二月號），情慾如浪濤的菊子，在關鍵時刻為了自保也「剉賽」了。這大便的意義何在呢？情節的意義之外，這可視為一種風格上的區隔。如果說〈十月〉在女性情慾的著墨上近於《她名叫蝴蝶》，那菊子的「剉賽」這種有礙風雅的事，恰是張派所不為的。這一點就和〈別再提起〉裡的「大便」功能相似了：展現出作者自身書寫風格上偶見的潑辣。

而這一切，都發生在語言裡。

二〇一四二月五日埔里

【附錄】

緘默寂靜的聲音，震耳欲聾的抗議

——賀淑芳的議題小說

李有成（中研院歐美所特聘研究員）

初識賀淑芳的小說是在二〇〇二年讀過〈別再提起〉（現收入《迷宮毯子》，臺北：寶瓶文化，二〇一二）之後。那一年〈別再提起〉榮獲第二十五屆時報文學獎短篇小說評審獎，我在〈人間副刊〉讀到這篇小說，從此特別留意賀淑芳的作品。〈別再提起〉文字控制得宜，敘事技巧不落痕跡，題材背後所潛伏的更是馬華作家長期以來鮮少碰觸的議題。賀淑芳後來接受許維賢的訪談時表示，這篇小說「只是過去努力想獲得的某個技巧的拙劣產品」，似乎對評審視之為「一篇有社會意識的小說」很不以為然，在她看來，「小說不是評論」。

這些話有自謙也有自省。社會意識並不必然保證就是好的小說，小說當然更不等同於評論。不過小說與其他文學創作一樣，在文本性之外，還有其現世性或指涉性。〈別再提起〉之所以令人印象深刻，原因即在於其敘事策略匠心獨具，自然天成，沒有一般初出道者的造作與生澀；而小說所指涉的現象不僅在馬來西亞的脈絡中饒富意義，對任何多元種族、多元文化或多元宗教的社會也不無啟發價值。以小說中大舅父改教成為穆斯林一事而言，表面上固然如敘事者的父親所批評的那樣：「誰叫華人這樣貪小便宜，要申請廉價屋呀、德士利申呀，統統以為姓敏阿都拉就好辦事。」其實背後所涉及的恐怕是更深層的結構性的問題，包括制度性的分配不公、文化偏差及種族歧視等。這就不再是一時一地的問題了，因為其中還牽涉到當權者是否肆無忌憚地在政策上獨厚特定種族與宗教，或者是否具有建立一個公義、平等、合理的社會的宏願、決心與意志。換言之，這是個有關解放的宏大敘事的問題。賀淑芳未必同意我以議題（polemical）小說的視角討論〈別再提起〉，不過這樣的討論卻也最能夠凸顯這篇小說的批判意義。

〈別再提起〉最奇幻，也最經典的當然是搶奪屍體那一幕。大舅母要以華人民間宗教的祭儀為大舅父舉行葬禮，宗教局的官員夥同警員則堅持必須按伊斯蘭教的規範替大舅父殮葬。這場奪屍鬧劇既具體而微再現了文化衝突的場景，同時也隱約指向天理（人倫）與國法、個體與國家機器之間的扞格。賀淑芳以令人驚悚的糞便（scatological）修辭狀寫搶屍那一幕：「那具屍體即我的大舅父，他開始大便了。糞便從屍體的下體湧出。到底從褲管湧出來，還是從褲頭湧出來，這點我並不清楚。我只知道隨着警察、哈芝、外婆和舅母的拉扯，糞便先是一團一團、然後一截一截的掉在地上和棺材裡，糞便的味道瀰漫整個殮房。」接下來的文字更是恣肆無忌，把排泄物所造成的效應發揮得淋漓盡致，在場參與搶屍的每一位都不免沾到屍體突然排放的糞便。「屍體最後終於大便完畢，並以一個響屁結束。」

屍體不能說話。面對這種既荒謬而又無奈的窘境，屍體竟只能倒退到佛洛伊德式的肛門期，以最本能、最直接、最原始的方式表達自身的憤慨與抗議。從這個角度看，賀淑芳的糞便修辭豈僅是為了製造戲謔效果而已，這種筆法相當有效地突出某些華人日常生活中所置身的荒誕情境，以及國家機器如何以法律之名蠻橫而暴虐地介入個人的生死大事。在我較熟悉的馬華小說家中，要數溫祥英最常在其創作中訴諸於這種糞便修辭，曾翎龍在其富於寓意的小說〈遍地野花香〉中也一再採用類似的修辭策略，而賀淑芳更將此修辭策略經營得出神入化，並且以之緊扣馬來西亞華人的生存處境，很見巧思。

賀淑芳的近作〈湖面如鏡〉（《短篇小說》雙月刊，第二期，二〇一二年八月）雖然仍焦聚於馬來西亞社會敏感的宗教議題，但是她一改〈別再提起〉的筆法，而以收斂、節制，且時帶抒情的文字敘寫大學校園的畸形生態。敘事者兼主角為某大學青年講師，專業為英美文學，由於其所屬院系之院長一再警告教師學校有一道大家「踩不起的火線」，為了保住飯碗，她「唯一能做的就是小心繞過它」。「因為逾越，過後無論怎麼修補都是不對的。」

只不過從小說的情節發展來看，有時候即使再謹言慎行也未必能繞過這道火線。小說中至少有兩個事例說明這道火線是何等幽黯難明，防不勝防。事例一：敘事者兼主角在課堂上講授美國詩人E．E．卡明斯的詩，一位有同性戀傾向的穆斯林學生「搞自拍，把自己的錄影傳上網，又在網站上念這首詩，又搞了同性戀出櫃的告白」。院長接獲投訴，學校的審查委員會已就此事展開調查。事例二：一位年輕女教師上課時談到「伊斯蘭對女性儀容的要求，她說那是一種試圖與世俗區別以成其神聖的做法，實際上卻是對身體的制約」。這位女教師彎腰越過《可蘭經》的動作甚至被批評為對此經書不敬。學校竟以聘約期滿為由不再續聘這位女教師。

這些事例都與宗教有關，至少在這篇小說的脈絡裡，我們看到宗教如何以無形的滲透力界定院長所說的火線，而一個人何時踩到這道火線則根本難以預測。宗教至此不僅屬阿圖塞（Louis Althusser）所說的意識形態國家機器，亦且已經淪為壓迫性國家機器，非但箝制言論自由，甚至為堂堂的大學校園執行官檢，製造白色恐怖。〈湖面如鏡〉不像〈別再提起〉那樣喧囂嬉鬧，賀淑芳改以緘默寂靜的聲音表達其震耳欲聾的抗議。在書寫校園政治之餘，〈湖面如鏡〉所刻意探討的其實是賀淑芳在〈別再提起〉中業已引爆的議題。

賀淑芳的小說正好印證文學是個事件，由於文學具有指涉性，我們也因此不得不透過文學面對，思考，乃至於解決人的生存困境。

二〇一四年一月六日於南港

【作品年表】

夏天的旋風——第三十屆聯合報文學獎短篇小說評審大獎作品

天空劇場——原刊《星洲日報》，二〇〇九年三月

箱子——原刊《蕉風》雜誌，二〇〇五年三月

牆——原刊《南洋商報》，二〇〇二年八月

湖面如鏡——原刊《短篇小說》第二期，二〇一二年八月

Aminah——完稿於二〇一二年五月

風吹過了黃梨葉與雞蛋花——原刊《香港文學》，二〇一三年三月

十月——原刊《短篇小說》第十一期，二〇一四年二月

小鎮三月——初稿於二〇一四年一月，多次修改，完稿於二〇一四年六月底

國家圖書館預行編目資料

湖面如鏡／賀淑芳著. --初版. --臺北市:寶瓶文化, 2014. 07
面； 公分. --(Island ; 226)
ISBN 978-986-5896-77-5 (平裝)

868. 757 103010896

island 226

湖面如鏡

作者／賀淑芳

發行人／張寶琴
社長兼總編輯／朱亞君
主編／張純玲・簡伊玲
編輯／賴逸娟・丁慧瑋
美術主編／林慧雯
校對／賴逸娟・呂佳真・陳佩伶・賀淑芳
企劃副理／蘇靜玲
業務經理／李婉婷
財務主任／歐素琪　業務專員／林裕翔
出版者／寶瓶文化事業股份有限公司
地址／台北市110信義區基隆路一段180號8樓
電話／(02)27494988　傳真／(02)27495072
郵政劃撥／19446403　寶瓶文化事業股份有限公司
印刷廠／世和印製企業有限公司
總經銷／大和書報圖書股份有限公司　電話／(02)89902588
地址／新北市五股工業區五工五路2號　傳真／(02)22997900
E-mail／aquarius@udngroup.com

法律顧問／理律法律事務所陳長文律師、蔣大中律師
如有破損或裝訂錯誤，請寄回本公司更換
著作完成日期／二〇一四年
初版一刷日期／二〇一四年七月十七日

ISBN／978-986-5896-77-5
定價／二九〇元

AQUARIUS 寶瓶文化事業

愛書人卡

感謝您熱心的為我們填寫，
對您的意見，我們會認真的加以參考，
希望寶瓶文化推出的每一本書，都能得到您的肯定與永遠的支持。

系列：Island226　**書名：湖面如鏡**

1. 姓名：＿＿＿＿＿＿　性別：□男　□女
2. 生日：＿＿年＿＿月＿＿日
3. 教育程度：□大學以上　□大學　□專科　□高中、高職　□高中職以下
4. 職業：＿＿＿＿＿＿
5. 聯絡地址：＿＿＿＿＿＿＿＿＿＿＿＿＿＿

   聯絡電話：＿＿＿＿＿＿　手機：＿＿＿＿＿＿
6. E-mail信箱：＿＿＿＿＿＿＿＿＿＿

   □同意　□不同意　免費獲得寶瓶文化叢書訊息
7. 購買日期：＿＿ 年 ＿＿ 月 ＿＿日
8. 您得知本書的管道：□報紙／雜誌　□電視／電台　□親友介紹　□逛書店　□網路　□傳單／海報　□廣告　□其他
9. 您在哪裡買到本書：□書店，店名＿＿＿＿　□劃撥　□現場活動　□贈書　□網路購書，網站名稱：＿＿＿＿　□其他＿＿＿＿
10. 對本書的建議：（請填代號　1. 滿意　2. 尚可　3. 再改進，請提供意見）

    內容：＿＿＿＿＿＿

    封面：＿＿＿＿＿＿

    編排：＿＿＿＿＿＿

    其他：＿＿＿＿＿＿

    綜合意見：＿＿＿＿＿＿＿＿＿＿＿＿
11. 希望我們未來出版哪一類的書籍：＿＿＿＿＿＿＿＿

讓文字與書寫的聲音大鳴大放

寶瓶文化事業股份有限公司

（請沿此虛線剪下）

廣 告 回 函
北區郵政管理局登記
證北台字15345號
免貼郵票

寶瓶文化事業股份有限公司　收

110台北市信義區基隆路一段180號8樓

8F,180 KEELUNG RD.,SEC.1,

TAIPEI.(110)TAIWAN R.O.C.

（請沿虛線對折後寄回，謝謝）